에르미따

이상규 추억시집

이상규

1953년 경북 영천 출신으로 1978년『현대시학』「안개」로 시인 추천, '낭만시' 동인, 시집으로『종이나발』(그루),『대답 없는 질문』(둥지),『헬리콥터와 새』(고려원북스),『거대한 낡은 집을 나서며』(포엠토피아),『오르간』(지혜),『13월의 시』(작가와비평),『불꽃같이 굴러가는 낙엽』(글누림)이 있다. 소설로는『포산들꽃』(작가와비평)이 있으며,『이상화 시의 기억공간』(공저, 수성문화원),『이상화 문학전집』(경진출판)이 있다.『100년의 문학용어사전』(2008, 아시아) 편찬고문, 겨레말큰사전 편찬이사를 역임하였다.

한국문학예술상 작품상(포스트모던, 2006), 제18회 한국문학예술상 특별부문(한국문학예술진흥회, 2015), 매천황현문학상 대상(2017, 한국지역문인협회).

sgl5117@naver.com

이상규 추억시집

에르미따

©이상규, 2019

1판 1쇄 인쇄_2019년 06월 20일
1판 1쇄 발행_2019년 06월 30일

지은이_이상규
펴낸이_양정섭

펴낸곳_도서출판 경진
　　　등록_제2010-000004호
　　　이메일_mykyungjin@daum.net
　　　사업장주소_서울특별시 금천구 시흥대로 57길(시흥동) 영광빌딩 203호
　　　전화_070-7550-7776　팩스_02-806-7282

값 30,000원
ISBN 978-89-5996-586-1 03810

에르미따

이상규 추억시집

머나먼 시인의 길

요사이 대부분의 시들이
상처에서 흐르는 피를 손으로
얼굴로 몸으로
마음으로 부비여
검은 먹빛처럼 종이에 찍어낸다.
사나운 들짐승들처럼
시로 언어를 물어뜯어 상처난 시들

더 숭고하고 더 높은 언어로
환기하려는 이 시대사의 부상자들
상처받은 불나방
시대의 아픔과 불행을 시인의
순정과 낭만과 고독으로 전환할 수 있는가
숱한 부조리와 부조리한 사람으로부터
일탈하려는 노력, 언어로는 불가능한 것인가
좌절한 분노와 꾸짖음의 거친 언어 대신
사랑으로 다가가는

시가 가야 할 머나먼 길
조락하는 시대의 슬픔을 번뇌하며
숙성된 길 찾기를 위한
언어로 피워 올린 시의 불길을 피워보자

결코 많은 정답을 가지고 있지 않는
시의 길, 시인의 길은
고난의 능선에 있을 뿐
아직 지치지 않은 역사는
서늘한 바람에 묻어 온다
내 자신의 오래된 추억의 시를 되돌아보며
문단 등단 40년
이상규 추억 시집을 엮었다.

2019.06
불이재(不二齋) 이상규

차 례

∨

제1편 13월의 시

제2편 오르간

제3편 거대한 낡은 집을 나서며

제4편 헬리콥터와 새

제5편 대답 없는 질문

제6편 종이나발

제7편 에르미따

제 **1** 편

13월의 시

사막

불어오는 바람에
살갗 벗겨진
붉게 탄 낯선 땅
사라져가는
모래알맹이
구르는 소리만 들린다

내 존재를 절실하게 호명해주던
어머니가 떠나간 이후
날 찾아주는 이는
사라진 사막의 모래구름
꿈을 꾸듯 사라져 갔다

이미 모든 이에게 잊혀진 나는
이 땅에 존재하지 않는 모래구름
겹겹이 살갗 벗겨내는
붉게 익은 이 땅의 살점이다

오랜 기억의 풍광을
쫓는 그리움이라든지

그마져 외로움이라는 감각 따위는
너무나 사치스런 단어일 뿐이다

붉게 헤진 사막의 모습으로
적막하게
나를 불러준 이는
나의 어머님이다

있음

있음의 가장자리 표표히 나부끼는
언어, 여러 겹으로 포장된
사물 너머의 풍경
그곳에 내 여린 감성이 맞닿으면
고운 향기를 안은 한 송이 꽃이 된다

풍화한 상상력이 휴지조각처럼
굴러다니는
바람의 흰 머리카락
한 가닥, 한 올 살짝 건드리니
솜털처럼 반짝이는
푸른 파도가 밀려든다

언어는 늘 수런스럽다
고요함이 뽐낼 기회를 결코 허락지 않는
존재는 기억 이전의 원시적 풍광이다

죽은 나무

햇살과 물의 힘으로 때가 되면 새순과 잎을 키워내다가 다시 지치면 가지마저 땅으로 드리우는 살아 있는 나무의 노랫소리, 이것과 전혀 다르게 묵은 속을 다 비워낸 아름드리 죽은 나무, 세월 속으로 자아낸 생명이 다한 해인사 절간 문 앞에 서서 천여 년을 지키던 너. 비로소 죽어서 다시 찬연하게 살아 있음의 위용을 하늘 끝으로 교신하고 있다. 푸른 하늘 너머 안드로메타에 도달한 숨소릴, 졸고 있는 구름자락 이 붙잡고 서녘 하늘로 유유히 흘러가는구나. 죽어 어찌 더 당당한 위용으로 산문을 들어서는 중생들을 헤아리며 별처럼 숱한 생명의 의지를 북돋우어 주는가? 네 싹아들어가는 살점에 귀를 대면 우주의 소리와 천둥 번개와 함께 밀려드는 해인골짝에서 내려오는 물길 소리, 폴짝폴짝 뛰면서 그윽한 대장경 독송소리가 전신을 휘감고 있다.

천여 년 때가 되면 갈아입던 나뭇잎, 바람에 조롱받듯 살랑거리는 잔가지가 털어내는 흘러가는 흰 구름. 이젠 속까지 다 썩어 뼈다귀만 앙상한 고사목 등걸에 지나가는 바람이 탁탁 부딪히며 갈아입을 노래 도 잊고 흔들거리는 요람의 즐거움도 사라진 텅 빈 나무 속통에는 개미들이 줄을 지어 행군을 한다. 쌀보리를 입에 물고 극락 찾는 사람들과는 전혀 무관한 자기들만의 행렬을 지우며 아직 마지막 풍화 되지 않은 고사목의 가지 끝, 존재하지 않는 네 생명의 추억을 물어다 해인의 절간 문을 지키고 있다. 커다란 해인의 모래성. 외로운 죽은 고사목 한 그루.

벽과 공간

　내 살아왔던 지난 기억과 무의식의 분말과 분진이 피어올라 두터운 벽을 쌓는다. 미래는 현재를 거쳐 간 과거와 긴밀히 이어져 있는 공간이다. 다만 미래는 빈 공기주머니 같은 진공으로 버티고 있다가 조금씩 열리는 내 의식이라는 차단막이 드리워져 있다. 닫힐 듯 열리고, 열린 듯 닫치는 단절의 벽, 그 너머 전혀 새롭지 않을 미래에는 희망이라는 대답없는 단어가 무료하게 조금씩 일렁거리고 있을 뿐이다.

살아 있음

아침 햇살이
능선을 천천히 일으키는
골 깊은 가야산 완만한 능선 자락
미끄러지듯 하루살이 풀벌레
꽁무니를 쳐들고 햇살을 쏘아보는 동글한 눈동자
물방을 흐르는 미려한 화사(花蛇)

아침 고기 배속을 두드리며
천년을 다시 호명하는 해인의 동자승
박박깎은 머리 반짝이는 영롱한 햇살
가던 시간도 멈추는 해인의 아침
어복의 뼈 속에서 쏟아내는
둔탁한 세월의 소리를 거두어

산 것과 죽은 것이 둘이 아니라
하나로 섞여 있는 장엄한 동거
아침마다 환한 꽃잎을 여는
어복 두드리는 동자승의 까만 눈동자
햇살이 한 가닥 튕겨
해인 산사 아랫동네로 퍼져나간다

파란 피

내 몸에 흐르던 붉은 피가
파래졌다
늘 껴안고 다니던
몸이 느슨하게 되자
살 속 깊은 곳을
파란 피가
몰려다닌다

새로 길목을 낸 핏줄은
숨 가쁘게 굴러다닌
서늘한 세월의 흔적

다시는 되돌아가지 못할
기쁨과 슬픔을 매달아놓은
지난 젊음이 짓뭉개어진
그 파란 피로 바뀐
붉은 인연들
붉은 사람들

파란 피가 몰려다니는

숨 가쁜 몸은
지나온
뜨거운 세월의 흔적

시와 새

시의 글씨가 머금었던 먹물이 검은색에서 흰색으로 차츰 펼쳐지더니 남은 것이 아무 것도 없다. 하늘에 떠도는 내 여윈 영혼이 모여 생소한 문장으로 찍어낸 먹물 빛 시가 바래져 가고 있다. 날아가던 새들이 하나의 바다색 점으로 바뀐다. 점으로 점멸된 그 영상은 아무 흔적도 기억도 없다.

양장으로 제본이 된, 시인의 시집 갈피에는 텅 빈 공간과 한 치 앞을 볼 수 없는 짙은 안개와 물빛. 그 위로 활자들이 점점이 나는 검은 새가 되었다가는 소멸한다. 구원을 찾으려고 읽었던 시 한 편, 입김으로 훅 불어보니 망막에 허무하게 지워지는 새의 영상뿐. 소란스러운 파도 소리가 입으로 뿌옇게 밀어닥친다.

비밀

살면서 잠시 기댈 곳이라도 없다면
어쩌지요.

차가운 콘크리트 지하도 바닥에
온갖 잡다한 세상의 소식을 찍은
일간 신문지 네모나게 접어 덮고
종이 박스 위에 구겨진 채 잠든
굽은 등과 발가락만
세상 밖으로 내민

오래전에 포기해 버린
때 묻은 발가락이 그려낸
꽃송이들 고개를 쳐들며
신문지에 싸여
잠들고 있다

오늘 이곳은 그가 기대는 유일한 세상
지하도 바닥에 내려놓은
한 때의 청춘은 온 데 간 데 없고
숨겨놓았던 발가락은

무심히 지나가는 이들의
시선에 비밀스럽게 고개를 내민다

연필로 그린 흰 꽃

종이바다을 긁어내면
저 깊은 저층으로부터 서서히
드러나는
흰색 꽃의 흔적

부러질 듯한 가지마다
꽃들이 매달려 있고
어둠으로 채워져 손이 닿지 않은 곳

지난 밤 하늘에 떠 있던
상현달이
여릿꽃으로 도드라져
숨어 있던 종이에서
고개를 내민다

어둔 하늘을 긁어낸
도톰한 종이에 불쑥 솟아 오른
여릿꽃이 아이들처럼
총총 매달려 있다

청력 장애인

천 년 전의 소리를 듣고
미동하는 바람이 실어 나르는
표정도 듣고
색깔의 지워지지 않는 맛도
소리로 듣지만

아내가 끓이는 된장찌개 소리와
식사하라고 다정하게 불러도
듣지 못하는
난, 청력 장애인

물가를 헤적이는 이슬방울 파문과
점점 울림으로 퍼져
내 손 끝에 잔잔하게 다가오는
시냇물의 지워지지 않는
소리도 듣지만

두 살 먹은 손녀 윤이가 가끔씩
외계인과 대화하는 소리를
잘 못 알아듣는
난, 청력 장애인

유천
—이호우 시비 앞에서

일제 시대 흔적이 곳곳에 남아 있는 청도 유천 안마을. 솔바람타고 멀리 달아났던 이호우 시인의 목소리가 잿빛구름 타고 되돌아온다. 고요히 흐르는 유천 물빛 살구꽃 붉은 빛으로 흥건하게 번지는 추억어린 마구간의 냄새가 내려 깔린다.

엉켜오는 외로움, 한가로운 나그네를 달래는, 풀빛 이호우 시인의 목소리가 흐려진 잿빛 하늘이다. 갓난 송아지 울음 대신 달리는 자동차 소음 사이로 간간히 드러내는 윤기 나는 포마드 바른 머리카락. 바람에 날리며 롱코우트 깃에 매달려 있던 추억이 와자지껄 굴러 나온다.

오누이 영도 아씨랑 함께 달리는 자동차 헤드라이트 시린 불빛에 고개를 숙인 채 유천 갈래 물길 지키고 서 있다.

마이다스의 손

손녀 윤이의 웃음소리는
마이다스의 손이다
추석에 대구를 다녀가면서
떨궈놓은 웃음소리
베란다 창가에 자글거리며 내려앉는다

온통 황금빛으로
쏟아져 나오는 웃음소리는
창문과
발을 담근 물과
불어오는 바람과
하늘의 별까지

손녀 윤이는
캐들거리는 웃음소리로
추석 무렵의 수성못 들안길과
이상화의 빼앗긴 들과 그의 침실과
갖고 놀던 장난감 자동차와
아내의 얼굴과
아침 배달 조간신문과

멍멍이와 침대와 소파와
훈민정음 해례본과
여진족이 쓰던 문자와
그리고 손녀가 머물던 빈자리까지
일상의 기쁨이
환하게 퍼진다.

시작법

사람을 놀라게 해야 한다. 사람을 깜짝 놀라도록 해야 한다. 사람을 화들짝 놀라도록 해야 한다. 맞춤법 오류를 알려 주는 붉은 선이 이제야 멋진다. 예측불허의 상황을 만드는 언어 조합의 힘이 매력을 갖도록 생기를 불어넣으면 시어가 타박타박 순진하게 따라온다. 놀라게 하지 못하면 실패한 시야. 유혹하지 못하면 매력 없는 시야. 사람 사는 것도 마찬가지 원리일까? 페이스북에서 가끔 이 나라가 썩어문드러졌다는 분리주의자들의 고발에 간 떨어져나간 지 오래되었다. 시큰둥해진 시쓰기. 무법천지의 시쓰기 시대.

하루일과

일찍 점령군이 되었다.
햇살의 기울기에 따라
빗나가는 과녁의 표적
그 한가운데
눈알이 하나 박혀
길거리 바람을 읽어낸다.

텅 빈 뇌 속의
신경과 세포의 바쁜 움직임
어둠의 기울기에 따라
헛발질 하는 발차기
한 바다가 출렁인다.
닻이 없는 배는
끝없이 출렁거리며
흘러가고 있다.

몸

출발하는 곳과 끝나는 곳
물이 들락거리고
소리는 다른 음향으로
조화를 이루는 내 몸.

시들하다가
세차게 꿈틀거리기도 하고
붉은 피와 푸른 피가 좌우
뒤섞여 흐르며
상상과 미움과 사랑을 엮어내어
소리치는

잠시도 쉬지 않는
톱니바퀴가 없는
연한 동물.

살로 만들어진 긴 부대
살과 **뼈** 속에 갈기갈기
숨겨 놓은
생각과 그리움

미움과 증오

그 무위함이
멈추는 그날
이 부대의 부피는 갑자기
줄어들 것이다.

꿈

밤은 어둠이 잠시 머무는 길목이자
그 길을 나서는 출발점
언제 되살아날지도 모르는 잠은
내 죽음의 소생이다

꿈은 나를 훨훨 날아다니게 하거나
내가 삐끗 발을 헛딛어도 넘어지지 않게 하는
마법의 놀이터

언젠가 이 놀이터를 빠져 나가면
이승과 이별하고 새로운 장소를 만나겠지
떠나는 차가 없어도 꿈에 실려 갈 어둠
가득 차 있는

13월의 시

　시전문지 13월 호에 실린 나의 시를 아무리 읽어봐도 뭔 소린지 모르겠다. 누가 썼는지도 모르겠다. 시가 이데아라고? 구원이라고? 시가 그렇게 위대하다고? 시의 위의(威儀)라고? 한 때의 상처와 마주했던 언어라고? 아팠던 상흔의 기억이라고? 오랫동안 단어들에 익숙한 한 사람이 단어 옆에 단어와 나란히 포즈를 취하고 있었다. 오랫동안 시에 익숙한 사람이 시 옆에 시와 나란히 멍청하게 서성거리고 있었다. 값비싼 종이에 인쇄된 먹으로 깊이 눌러 찍어낸 내 시의 가려운 혓바닥, 13월의 시를 나는 찢어버린다.

　그러자 그 자리엔 푸른 나무 한 그루가 솟아났다. 영성의 땀방울이 찢어진 종이 잎에서 꿈틀대고 있었다.

따뜻한 나무

차랑차랑 쇳소리 울리며
밀려오는 겨울 바다 건너
송홧가루 흩어뿌린 연록색 바다에
봄이 와서 발 담근다
겨울 바다를 거닐던 발자국 지워진
자리
물새들 내려 앉아
세월의 물 깊이를 재는
총총 걸음 따라서
잦아지는 가을 낙엽
두둥실 파도에 떠 있네.

별

어둠은 황금빛
퍼들거리며 살아 있는
별
그 아래에 나 있는 고적한
밤하늘로 날아서 올랐습니다.

어제 유명했던 야구선수가
이곳에 따라 올라왔고
내일도 또 그 다음 날도
추렁추렁한 별이
뜬 밤하늘로 사람들은
줄을 이어 날아 올 것입니다.

내 손엔 아무 것도 없지만
아름다움을 느낄 수 있는
다만
별 같은 밝은 마음이 있습니다.
연이어 많은 이들이 따라올 것입니다.

북소리

저 숲속의
북소리가 보이지요
쓰레기통에
버려진 인형도
무슨 이야기를 하는지
보이지요

아프니까 하루하루가 신의 선물
귀로 들리던 소리가
눈앞에 와 속삭이며

모두를 위한 사랑의 노래가
얼마나 기쁜 선물인지
희생의 사랑은
사람들에 대한 살아 있는 약속

저 숲속에서 울리는
침묵의 북소리가 이제 들리지요

저항과 폭력

저항은 힘없는 자의 행동
강자들의 거룩한 손길로
덮여진
오랜 불빛 역사
폭력이 먼저라고
아니 저항이 빌미라고
언젠가는 제자리로
돌아갈 것이라는 기대는
저항하는 이들의 바람일 뿐
순진하고 미혹한
순결
붉은 피가 흩어진 미로

어매

어머니의 방언
몸으로 그 이름을 불러 본다.
추억을, 그리움을, 슬픔과 기쁨을
그 무엇이라도 금방 불러다 주는 힘을 가진
아들의 엄마

손으로 잡을 수도
말로 할 수도 없는
몸에는 늘 오래된 세월 냄새가 배여 있는
그저 그렁그렁한 눈으로 말을 하는
송아지의 엄마

추억

어머니는 가끔 양동마을 이끼 낀 기왓장 위에 앉아 울고 있거나, 유년의 동무와 모를 심는 들판에서 논 물꼬를 타고 있거나 손을 넣어 잡는 붕어나 못 바닥의 흙을 뒤집어 잡아내는 미꾸라지를 보고 있거나, 맑은 물 아래 다슬기와 뱀장어의 미끈한 손 느낌 속에 살아있다. 마늘잎 저리와 토장의 넉넉한 냄새와 손을 잡고 부추 부침개를 다독거려 구워낸 새참을 들고 있고, 그 입맛과 냄새에 배여 있는 입속에도 있다. 60년대의 버스 매표소와 70년대의 버스 운전수의 모자와 또 모심기 하는 들판을 가로질러가는 버스에서 엄마는 제비처럼 날아간다. 동네 이장을 만나거나 동창회에서 동무들을 만날 때면 꼭 함께 나오시는 어머니.

유성

짧은 꼬리를 드리우면서
산화하는 명이 지독히 짧은 별
인간이 만든 그 어떤 역사에서도
언급할 수 없는 당당한 신화
거룩하고도 엄숙한 인간들의 환상
바라보는 숱한 사람들
그리움의 기억 속으로 침몰해 가는
소리 없는 움직임
건너지 못하는 강은 깊은데
그 깊은 강의 여울을 건너뛰는

쉽게 사라지지 않고
흔적으로 남아 있는 것
그리움이라는 인간이 만들어 놓은 덫
쏟아지는 우수
긴 장맛비가 잠깐 걷힌 밤하늘에
우윳빛으로 분산되는 구름에 가린
달빛 속에서
다시 빗줄기 쏟아지는 틈 사이로
아무 이유 없이 산화해 가는 철없이 쏟아지는
기다리는

햇살과 달빛

달빛 길을 잃으면 비가 되어 내린다
태양이 신화 같은 혼돈으로 빚은
투명한 눈물방울이 이 땅에 내리면
다시 비가 된다
햇살에 건조한 피부가
생기를 회복하는 촉촉한 물기

표충사 대웅전 처마 끝에 매달린
물고기 풍경
온몸을 적시는 낙하하는 빗방울은
혼돈스러운
신화가 내뿜는 살빛

빗줄기는 달빛이 되고
다시 햇살의 눈물이 빗발이 되는 억만 겁의
공간에 일어나는 비바람에
절간 맑은 풍경 소리가
빗물에 흠뻑 젖고 있다

개불알꽃

햇살이 더 달아오르기 전
길섶에 핀
개불알꽃
잎새에
송골송골 맺힌
이슬방울
온 세상을 다 염탐하고 있다
한낮의 욕망과 저녁 무렵의 단념은
도드라지게 그 태도가 또렷하다

도시, 바람만 흔들리고

은행잎이 길바닥을 노랗게 물들 무렵
내가 자란 도심의 후미진 길을
내 삶 또한 물들어 가는 어느 날
쓸쓸한 그 골목길을 걸어 본다

이웃집 마부(馬夫) 윤 씨의 생명줄
말 마구간, 코를 벌숨거리던 수말은
불 꺼진 창턱에 걸려있고

김 목수 집 불 꺼진 대문
인기척이 없는 거미줄엔
어둑한 도시의 먼지 잔뜩 매달고
바람에 흔들리고 있다

애틋한 추억의 명덕로터리
이 참나무 언덕배기 마을에는
깨진 유리 창틀에 찢어진 비닐만 펄럭이는
바람의 풍경

빈 방안 어둠의 공기를 빼내고

예쁘고 곱상하던 어머니와 함께
계추를 하던 내림 무당 성모 엄마도
구멍가게 주인 주희 엄마도
마부 길성이 엄마도
대장간 경수 엄마도

어둑한 도시의 먼지로 매달려
옛 기억만 허전하게 남아 있는 골목길
쓸쓸한 바람만 흔들리고 있다

모음의 탄생

모든 소리를 한 점으로 몰아
하늘의 원리 '·'를 만들고
밝아 오는 'ㅏ'와 점점 깊고 어둑해지는 'ㅓ'
오른쪽 하늘과 왼쪽 하늘의
그 끝없는 거리와 심원한 인연
다시 땅 위에 선 하늘 'ㅗ'를 부르면
세상이 열려
안드로메다에서 울려오는 진동이 있고
이를 뒤집으면 'ㅜ'가 되어
땅 속 마그마와 맞닿아 펄펄 끓어오른다
말소리는 다 사람이 만든 일이라
사람과 하늘 그리고 땅이 뒤섞이고 분리되어
빚어내는 모음
·, ㅡ, ㅣ 셋으로 어미 소리를 다 불러내고
하늘과 땅의 도(道)로 소리하는
육중한 힘이 무채색으로 피어오른다

늘 누워 있는 여자

부산 출신 화가 방정아는
캔버스를 가득 채운 건물의 옥상이나
출렁거리는 바닷가 거친 돌섬 위에
맨몸으로 누워 있는 여인을 배치한다
눈도 코도 보이지 않는
작은 모습으로 드러누워 있다

대구 출신 화가 이수동은
달과 나무 사이에 반쯤만 드러낸
여인, 눈도 코도 보이지 않게
조그마한 모습으로
뒷모습만 드러낸 채 서 있다

침묵을 잉태하는 여인들
내 따뜻한 한마디 말을 던지면
곧장 돌아서 등 돌려 달려올까

영원히 일어나지 못할 여인을
화폭에 가둔 화가만이 들락거릴 수 있는
닫힌 공간
그 여인은 모두 도시 여자이다

모국어

사람들 사이에서
험난하게 부대끼면서 살아야 하는
운명을 타고 났다
어두운 밤하늘에 부산하게 반짝이는
별

흩어져 있지만
견고한 짜임과 결속으로 이루어진
이 땅 사람들의 위대한 소리의
생명

때로는 질곡 속에서
살아남아야 하는 생존을 고뇌하다가
때로는 별들의 길목을 지키는
언어 숲

숱한 사람들이 만들어 내는
위대한 창조와
찬란한 지식과
믿음을 지키는
언어의 징검다리

남성현 고개

해금과 바이올린이 살을 섞는다
산등성이 차고 오르는 바람과
들판을 거슬러 오는 잔잔한 숨결이
빈 몸으로 껴안는
멀리 보이는 경산 남성현 고개
겨울 하늘 달빛 저문 물결에 맞닿았다*

나뭇잎 스쳐가는 풍경 소리
나무숲에 가렸던
새소리 더욱 청명하다
멀리 홀로 가는 노승
자박자박
종종 걸음 산마루 넘어간다

[해설] 동양악기와 서양악기가 살 섞으면 무슨 소리가 날까? 경산 남성현 고갯마루 구름
따라 노승의 실루엣 하나 너무 고적한데, 누워 있는 불상처럼 생긴 구름이 흐르고
나니 밤하늘 나는 새가 청명하게 울고 있다. 아! 그리움도 노승 따라 가네.

뒷모습

조각난 거울 앞에서
연탄 화덕에 달군 고대기로
머리칼에 웨이브를 넣느라
제법 긴 시간을 그렇게 보내던
여인

꼼짝 않고 등 뒤에 앉아 바라보는
누구의 눈빛도 의식하지 않는
가장 행복한 뒷모습
짧은 청춘의 추억

유난히 붉은 립스틱으로
입술을 칠하며
화장대 거울에 마주친 눈빛
등 뒤에 서 있는 자를 향해 싱긋 웃는
여인

『여원』의 잡지 표지화에서
『알레강스』로 진화하는
짧은 청춘들,

그 미혹한 여인들
등에 묻어 있는 오래된
그리움

행복이라는 판타지를 매일 매일
얼굴에 그려 넣는
이 세상의 뒷모습을 그리는
여인들

미추왕릉

손에 쥐었던 돌도끼 내려두고
삭은 뼈마디가 다 일그러진 돌무덤
구멍이 난 유골의 눈두덩과 콧구멍

천년 세월의 밤하늘이 깃들고
몇 개 남지 않은 잇빨 사이로
흙바람 들락거리는 공기의
흔들림이 들려온다

다시 일어서려는
모진 천년의 꿈은 별이 되어
어이 저리 높은 하늘에 있을까

전사의 몸이
정지된 그 오랜
좁은 돌무덤 속에 유폐된 시간을
되돌려 보려는 꿈의 거실

이젠 신석기 돌무덤 이름표를 달고
이승 사람들과 마주치는

허망한 눈빛
그 심연의 거리를
구경하는 그대 또한 언젠가

그렇게 으스러져 다시는 일어서지 못할
구멍 난 유골의 눈두덩과 콧구멍

난청과 이명

오른편으로 누웠더니
깊고 넓은 고요의 바다가
암흑처럼 밀려 왔다

고개를 돌리면
밀려오는 소음의 흔들림이 차츰
커지는 난청의 벽을 보았다

눈으로 소리의 깊이를 측정해야 하는
더 넓고 깊은 고요의
바다 앞에 서 있다

똑딱똑딱하는 소리의 울림
켜켜이 다른 수란스런
바람소리가 내 머리의 반을 차지하는
경이로운 다른 세계가 있었다

고요의 문턱을 넘어서는 황홀함은
이승의 결절(結節)
그 마다마디 새로운 청음의
바다를 일으킨다

암캐의 외출

길이 잘 들여진
우리 가족과 동거하는 베리
유난히 검고 윤택한 털빛
두 살짜리 암캐

집 나간 지 며칠이 지났다
똥오줌 잘 가리고 내 곁에
벌렁 누워 나와 눈을 마주치던
영특함으로
다시 집으로 돌아오리라는 기대가 어긋나던
며칠 뒤

아내는 속이 상해
아주 실한 개목걸이를 사서 손에 든 채
후미진 동네 골목길을 몇 시간
헤매었다

중국에서 밀려온 황사가 어둠까지 몰고 와
어둑한 날 골목길 가운데 놀이터 숲 속에
여러 마리 수캐 사이에 둘러싸여

주인이 다가서는지도 모른 채
수캐의 숨찬 거품을 깨문 한낮의
하혈하는 쑥스러움
컹컹 짖으며 아내 품에 달려와

철쇠로 만든 개목걸이를 하고
집을 찾아오는 아내의 등 뒤

서쪽 하늘이 중국 황사를 걷어내고
유난히 붉게 물든 하오 다섯시
오방의 하늘은 하나의 작은 점이다

수련별곡

조그마한 옹기 너럭에
해찬물 머금은 수련잎이
창가 햇살 기울기 따라
고개를 돌리는데

주름진 손으로 잎사귀를 건들면
간지러운 듯 몸을 움츠린다

구석진 방 안쪽
나를 향해 옹기 너럭
방향을 틀어놓고
돌려놓고
당겨도 놓고

이른 새벽잠 깨어
창가 수련을 바라보니
다시 넘쳐올 아침햇살 맞으려
고개 돌려 첫 햇살 가리키누나

돌려놓고 또 당겨놓아도

다시 몸 돌리는

긴긴 밤들이 포개지는
하늘 별빛 향해 녹색 빛 연한 몸을
다 맡긴 애련한 수련잎은
해 찬 물길 머금으며
또 하루 비켜간다

죽음의 부활

삶의 연속선 상에 있는 죽음
죽음은 초월적인 우리의 일상이다

이기심이나 욕망을 눌러주는 조정자
죽음과 이승은 단단하게 연결되어 있다

죽음은 늘 이승을 끌어당기고 그 인력에
조금씩 다가서면서도 눈치 채지 못하는

누구나 맞이해야 하는 환희의 정거장이기도 하고
한 번은 꼭 발을 헛디뎌야 하는 순정의 일상이다

자작나무와 바람

바람은 잠시도 멈추지 않는다
나뭇잎은 한순간도 이야기를 멈추지 않는다
빛을 받아 반짝거리는 푸른 물길은
오랜 옛날부터 이어져 온 존재의 함성
언제쯤 멈출 날이 올까 섬직한 순간
방향을 고쳐 잡은 바람 길이 열리면
또 다른 그림으로
폭풍우가 내리치면 파열된
바람 빛 피를 쏟아내고
눈이 내릴 쯤은 솜털 돋은 잎새는
다 지고 만다
싸리 빗자루 같은 여윈 나뭇가지는
허우적거리며 끊임없는 시간을 이어 간다
자작나무 잎새에 내 꿈이 담겨 있다
끝없이 일렁거리는
바람이 호명하는 존재의 가장자리

몽환, 강이천을 만나

의금부 뜰에서 추국을 받던
강이천이
장살에 해어지고 터져
핏물에 짓이겨진 볼기짝
드러낸 채
오늘 밤 나를 찾아 왔다
발목까지 내려간 바짓가랑이를
올리지 않은 산발한 모습으로
그는 천천히 불량한
세상의 변화를 꿈꾸는
나를 찾아왔다

불확실한 제도의 틀에
갇혀 잃어버린
이 세상 사람들의 상상력
인륜, 도덕, 덕목이라는 빈틈없는 격자를
결코 허물지 못한 강이천은
내 침대 곁에 누워 숨을 거두었다

손에 쥔 천주님 묵주가 핏물에 젖어 있었다

눈물에 젖은 몽환의 밤은
무척 짧았다
아침 여명, 보랏빛 안개가 되어 서서히
퍼져가면서 밝은 아침이 찾아왔다

그의 꿈
불량했던 상상력은 많은 시간이
흘러 보랏빛 엉겅퀴꽃으로 피어났다

몽환

밤길이 달빛 묻어 강물 자락처럼
가물거리며 이어진 자락
산등성이를 날던 새들이 바람 일으켜
꿈에 불러온 어머니가
옆구리에 칼을 맞고 쓰러졌다

십오륙 년 전 돌아가신
어머니 제삿날
삼헌 드릴 제관이 없어
서둘러 상을 물린 파제삿날 그날 밤은

전설 같은 지난 생각에 슬펐다
머리끄댕이를 움켜잡은 할머니가
손을 놓을 때까지
꽥소리 한마디 못하고 눈물만 쏟아내던
갓 서른 넘긴 어머니
지독한 양반 권력에
오늘밤에도 피를 쏟아냈다

누임 조금만 기다려 보세요

좋은 시절 올 낌니더
말을 끝내기 무섭게 뒷산 파계재 너머로
떠나간 속칭 빨갱이 외삼촌

정지문에서 몇 발자국
눈물이 앞을 가려 나서지 못하고
가물거리는 외삼촌 뒷모습만 쳐다보던
그 외줄기 산길 긴 나무숲은
바람에 부들거리고
그 길이 영영 하직 길이었음을
알았을까

잠에서 깬 창밖은
눈발이 휘날린다
삼헌 드릴 제관이 없어
외로워 서둘러 상을 물린
파제삿날 그날 밤은
꿈속에서도 슬펐던 모양이다

투먼강

거란의 수령도 건주 여진 병사도 건너다니고
편발에 물고기 껍질로 누인 남루한 옷 걸친
동여진 어떤 사내 건너와
수줍음 많던 고려 여인
강냉이 밭에서 가슴 풀은 후
흑룡강 찾아 야반도주 하던 날
거센 눈포래 온 산과 들을 뒤덮었다

서걱거리던 강냉이 잎사귀 마른 온기
내 거친 살갗에 아직 남아
영고탑의 징징거리는 퉁건 소리
잦아지는데

한쪽으로만 휩쓸리는 소나무가지의 손길
그 사이 파고드는 윙윙거리는 바람소리
춥잖았다

아직 언어가 소통되지 않으나
아올한 속내는 다 보인다
회령 마을 떠나던 밤

적막 어둠 사이로 컹컹 짖어대는
여우 울음 바람 타고 예까지 들려오누나
회령 관비로 몸을 던진 지
어제 같은데

동여진 찬바람 견딜 만하구나
갈 길 재촉하며 번지는 어둠 사이로
희미하게 동녘 햇살 뻗쳐 온다

온기 잃은 이 땅
내 발로 디디니
사내 가슴보다 더
깊은 혈맥의 사랑
내 몸과 같은 온기로 남아 있구나

언제부턴가

내가 만난 사람 날 찾던 사람
모두 사랑했어요

언제부턴가
사랑이 날 떠나가데요
기다리지도 말고
만나서 즐거웠던 추억마저도
날 두고 떠나가데요

그래도 기다려지는 마음
시간 사이로 묻어오는
바람뿐인 걸요

어둠에 묻혀가는 앞산의 실루엣
빽빽한 아파트만 숲을 이루어
병풍처럼 둘러쳐 있고
오고 가는 발걸음 멈춘
가로등 외로운 불빛
어둠을 삼키고 있네요
그래도 떠나간 사람들
기다리고 있어요

바다

파도가 일으키는
바다 물빛은 그 깊이에 따라
나비의 날개처럼
형형 색깔이 다르다
늘 세로로 일어서려는 끊임없는
반란을 하지만
옅은 바다는 더욱 투명하고 고요할 뿐이다
저 속 깊은 바다의
짙은 물빛이 어두워 보이지만
에메랄드 빛 옅은 바다가 일으키는
물보라 더욱 고요한데

저 바다는 단 한 번도
출렁거리는 제 살갗을 말리며
세로로 일어서려는
오래된 꿈을 접지 않는다
푸른
나비 한 마리 날아 오른다

이정표

나는 표류한 배처럼
아직 찾지 못한 항구의 불빛
그 머나먼 길을 숨차게 거슬러 왔지만
아직 끝없는 대양의 한가운데
표류하는
나그네 같은 배
언제 닻 드리울
사람들이 웅성거리는 항구를 찾을 수 있을까
피곤에 지친 몸을 다스리며
백목련 활짝 핀 봄의 입김
맡으며 소금기에 젖은
항구의 사람들과
그들의 옷깃에 죄여드는
거친 삶의 한가운데
함께 섞여 살아갈 날이 올까
풀려지지 않은 내 삶의 매듭을
그냥 대동댕이쳐 놓고
파도 속으로 휩쓸려 갈 날이 올까

유월의 꿈

먼 산을 바라다본다
유월의 저 찬란한 녹색
향연을
사람들은 만들어 낼 수 있을까
산을 품고 있는
청청 푸른 하늘을 보라
잊어버렸던 어린 시절
떠가는 흰 구름의 조화를
어이 인간들이 만들 수 있을까
겸허한 녹색의 유혹
찬란히 내뿜는 유월의 겸허를 배워라

밤은 그냥 어두워야 하는 거야
그러나 너무 어두운
구석진 밤은 때론 무섭기까지 하고
그래서 밤은 낮보다
짧기를 바라는
사람들의 희망을

남천강

구름도 지쳐 걸려 있는 산허리에
어미 찾는 산 꿩 울음 사이
나뭇잎 애절하게 흔들린다
구름 쏟아지는
능개비 자락에 묻어오는
산 꿩 울음
고개 숙인 할미꽃도 서러워
손짓 보낸다
새끼 산 꿩 날갯짓 일으키는
비바람 불어온다
점점이 멀어지는 남천강 길
길 잃은 나그네 발길 따라
꺽꺽 막힌 어미 산 꿩
기막힌 울음소리
쉼 없이 흐르는
경산 남천강 수면에 흩어지는
빗방울 무늬
바람결 따라 자지러질 듯
퍼진다

풍화

이른 새벽 찬 기운으로 잠을 깨어
곁에 이불을 뒤집어 쓴 채
잠든 아내의 모습은
너무나 자그마하다

잘룩하던 허리도
높은 구두를 신던 높이도
세월의 풍화에 오그라든 듯
작은 언덕 같다

새벽 담배를 한 모금 피우며
거슬러 온 세월에
당신이라는 거대한 산자락이 어느날
조그마한 언덕이 되어 있다

두터운 이불이
젊은 시절의 선을 지워 버린 것이 아니라
세월 속에서 아직 깨어나지 않은
20대 아내의
흔적을 닳도록 만든 것은
세월의 풍화

소쇄원 맑음

죽음을 향해, 서늘하게 밀려오는
바람의 행진에 화답하는
댓잎 몸 부비는 소리

살을 발라낼 대로 다 발라낸
수척한 댓잎의 노래는
내장마저 다 후벼낸
몸통의 횡격막 칸막이만 남은
울림통의 반향이 되어
속물들의 금단 구역을 이루고 있다

댓잎 소리는 청청 하늘을 끝없는
하늘 위를 향해 떠받치고 있다
산에서 휘몰아온 바람이 이곳에서는 멈추고
소용돌이를 일으키며 숨을 죽여
사람들의 속된 흔적을 하늘로 하늘로
몰아가고 있다

삶과 죽음의 순화 공간
이 땅과 하늘의 텅 빈 공간에서 연주하는

몸과 몸, 살과 살이 부비는 향연의 연주
이 세상 모든 것은 분열의 낙인을 안고 있지만
소쇄원 대밭에 몰려오는 바람은
땅과 하늘을 이어내고 있다

큰 장, 서문시장

달구벌 읍성 터 서문 밖
큰 장이라고도 말했던
서문 저자에 대한 추억에 대해 말해 보겠다

겨울 방학 시골 할머니한테 얻어온
토종 멍멍이
소풍 간 사이에 푼돈이 아쉬웠던 어머니가
서문 장터 우시장 난전에 내다 판 날
소풍 돌아와
눈물 흘리며 찾아간 나를 향해
컹컹 짖어대던 그 울음은
지난 세월의 흔적 속으로
오래 전 이미 흩어져 버렸다

매년 정월이면 큰불이 끊이지 않더니
멍멍이와의 이별 기억조차
까맣게 그을린
장터 불구경하러 달려갔던 어린 시절이 있었다

가난이 참으로 서러웠던 그 시절에도

서문시장은 늘 풍성했다
넉넉함이 있었다
들끓는 사람들의 정이 있었다
국수물 끓는 냄새
돼지 국밥 냄새는 장터 어귀부터
북적거리는 사람들의 소음과 함께 퍼져 올랐다

아침 조회 시간 시린 발가락을 감싸주었던
알록달록 나일론 양말
토끼털 귀마개로 시린 겨울을 비켜서서
쳐다본 울 엄마
단장해주던 포플린 속치마에
번쩍이던 공단 치마저고리
이불전에 널려 있던
베개 마구리에 수놓인 봉황은 훨훨 날아오르고

낙지, 멸치, 마른 오징어
꿈틀거리며 살아날 듯한 건어물전
은빛 갈치, 간고등어 어물전
"싱싱한 칼치, 간고등어 사이소"

망치, 팬치, 못이며
잘 벼린 낫, 호미, 곡괭이
혼수장, 재사장, 명절 장보러
전국에서 몰려든 사람들 발목 잡는
국수 삶는 냄새 펄펄 풍겨 오르는
서문시장은 보통사람들의 천국
잊혀지지 않는 추억의 장터이다

그 속에 사는 사람들의
순박한 사람 냄새는 아직 지워지지 않고 있다
서문 장터는
닳지 않는 추억의 힘을 갖고 있다

서호수

막히지 않은 길이 바람길, 요녕성은 역사의 길목이다. 바람길 따라 사람들 몰려다닌 밤의 전령, 늑대 울음 섞여 있는 그 달빛은 더욱 푸르다. 오직 생존이 목적인 세상 사람들, 바람길을 거슬리지 못한다. 약탈이 수단이 아닌 살아가는 방식인 그들은 무척 거칠다. 예법에 길들여진 말보다 약탈에 익숙해진 말들의 온기가 더욱 따뜻한 이유가 무엇일까? 싱싱한 사람들의 달빛 혼드는 포효로 추방당하는 실크로드 보다 철마가 달리는 초원은 늘 열려 있다. 초원길의 길목 중앙아시아 가라말 발톱에 묻어온 양귀비 꽃씨, 녹색 초원에 번져가는 붉은 꽃바람 이 물결을 이룬다. 그 빛이 내 몸에 번져 검은 반점의 살갗이 되었다.

2008.5 카자흐스탄에서

겨울나무

한여름 내린 빗줄기의 물기 듬뿍 마신
나무는 무거운 나뭇잎을 짊어진 채
불어 닥친 폭풍우에 가지가 찢어지더니만
수분 다 앗아가는 가을바람이 불어와
바싹바싹 말라
마지막 남은 잎새마저
다 떨어낸 겨울 나뭇가지

아무리 거센 겨울바람이 불어와도
가지가 꺾어지지 않는다
불어터진 물기마저 가을바람에
다 날려버린 바싹 마른 가녀린 나무는

거센 겨울바람을 맞이할 줄 안다
심하게 흔들릴 뿐
꺾이지는 않는다

내년 또 다시 찾아올 찬란한 봄을
기다리는 마음으로
싱싱한 푸른 나뭇잎을 키우기 위해

혼신의 힘으로 바람에 맞선다
그래서 매년 다시 찾아오는
내년 시원한 녹색 잎 건강하게
여름 장마 빗줄기를 듬뿍 마시며
불어오는 태풍이 잔가지가 찢겨지는 아픔을
다 알면서도 온몸으로 맞이한다

텅 빈 겨울 나목의 바싹 마른
가느다란 줄기로
불어오는 찬 겨울바람을 맞이하지만
다만 거세게 흔들릴 뿐이다

율려, 허무

몸에서 가슴으로
가슴에서 온몸으로 이동하는 파동이
멈춘 지 얼마나 될까
낙엽이 다 진 겨울나무는
잔잔한 바람에도 온몸을 흔들고 있는데
나이가 든 내 몸은
내 가슴은
전율의 신호와 결별한 지
언제부터일까

신나는 일도
기쁨도 슬픔도
기쁨에서 몸으로 옮아가는
몸에서 슬픔으로 이어지는
교감 신호가 다 말라 비틀어진
분리된 몸만 살아 움직이고 있다
꾸역꾸역 밥 때가 되면
화차에 화탄을 쳐 넣듯이

그래도 활활 타오르는 기쁨이라는
전령이 언제 다시 찾아나 올까

발비

빗발이 돌아앉으면
'ㅅ'이 떨어져 나간 발비가 된다
늦가을 비, 바윗돌에 튕겨나가는
세모시 가느다란 실 끝처럼
금방 혼적을 보이다가
소멸하는 발비

봄, 여름, 가을, 겨울
사시에 내리는 빗발이 이끌고 오는
발비는 사시의 생기처럼
다른 모습이다

끝없는 벌판

베트남 후에 황궁, 검게 낀 이끼 틈 사이로 연한 새 순을 내미는 이름 모를 풀, 동네 개들이 어슬렁거리며 지나가고 끝없이 이어지는 모터사이클 아오자이 자락이 바람을 일으킨다. 슬픈 숲 속 황국은 새롭게 칠한 황금색과 붉은색 빛이 나지만 긴 세월의 침묵, 월남전 전선이 사이공에서 하노이로 하나의 색깔로 이어진 비록 가난하지만 당당한 그들의 자존심. 그 어떤 순결도 영원하게 감추지 못하는 살아 있는 자들의 침묵일 뿐,

미국 비행기가 흔들어 놓던 두려움 대신 그들은 즐겁다 뜨거운 태양열처럼 달아오르는 끝없는 벌판을 달려간다. 그것이 그들의 행복이다.

주르첸

여진을 오랑캐라고 업신여겼다
예의 범절도 모르는 약탈과 침략이
오로지 생존 방식인
야만인이라고

예의 범절과 문명은 종이 한 장 차이
대청국을 일으킨 후
금박으로 치장한 천안문
한문과 여진어를 나란히 궁궐 이름으로
기록하였다

물고기 수렵으로 살아가던 누추한 그들이
말을 타고 전쟁의 방식을 오래 습득하여
문명을 깨고 다시 문명을 옷을 입힌
그들에게 조선은
이마에 피가 솟도록 고복하였다

피에 굶주려 사납던 주르첸
그들이 우리의 이웃이었다
그들을 경멸했던 예의 범절이

문명을 만들어 내었듯이
역사는 언제나 그런
주변과 중심은 그리 멀리 있지 않다.

몸의 언어

구두 혹은 문자 언어로 표현되지 않는
몸의 언어는 생각의 미혹한 어둠보다
더욱 푸르고 깊다
몸이 부패하는 시간은
생각이 그려낼 수 있는 속도보다
훨씬 더 빠르다
그럼에도 불구하고
한순간 일탈되는 몸과 생각
그 일회성의 탈골에 대해
세상 사람들은 잘 모른다
이승의 끝자락에 이어지는
그 심연의 거리를
치장하고 있는
생각의 말과 글을 벗어던진
이 몸은 어디에도 걸림이 없을 것이다
시라고 하는 언어 또한
부질없이 노쇠해져 가는 허무의 흔적일 뿐

표준국어문법

    내 어머님은 초등학교 문전에도 발 딛지 않으셨는데 새벽 아침밥 지으려 부엌 불씨를 부지깽이로 가라앉히고는 박종화가 지은 『자고가는 저 구름아』를 다섯 번째 읽었다고 했다. 늦잠 자고 싶어도 투정부리지 못하고 집안 제삿날 아침 신문봉지에 차개차개 쌓아둔 음복은 학교 담임선생님께 드리라는 묵시적인 약속 그렇게 자라나 대처에 나가 있는 다 큰 자식에게 한지에 모필로 쓴 "ㅇ이야 보ㅇ라" 곳곳에 맞춤법이 틀리고 표준어법이 아닌 문장이라도 영남 양반가의 안어른의 잔잔한 음성이 안개처럼 일어나 가끔 눈시울을 젖게 하는 감동과 사랑의 글을 쓸 줄 알았다. 표준국어 교육 열심히 받은 내가 아이들에게 쓴 글을 읽어보니 전혀 감동이 일지 않는다. 내가 어머님에게 물려받은 그 자그마한 편지, 철자법에 맞지 않은 사투리와 그 글이 오히려 북받쳐 오르는 순수였다

음양몽설

하나가 둘로 나누어지고
다시 하나로 통합되는
그 이전은 태극이다
오음으로는 아설순치후
오방으로는 동서남북중
오색으로는 흑백적황청
오시로는 춘하추동계하이니
모두 음양이다
양과 음의 이전은 무극이니
있음이 무요 무가 또 있음이라
우주 존재의 생성과 절멸을
순환의 양극으로 보면
그 가운데 사람이 있다

잠에서 꿈으로 설하는 바를 기록한 것이다

가을 햇살

햇살이 조금씩 두터워지면서
바람에 펄펄 날리기도 하고
갑자기 땅에 내려 꽂히기도 한다
그런 사이 나뭇잎도
햇살의 결을 닮아 낙엽물이 번진다
이번에 떨어지면
다시 만날 기약도 없이
낙엽은 처렁처렁 소리를 낸다
세월의 물방아를 돌리는
가을 햇살의 눈빛은 참 행복해 보인다

반구대 암각화

고래들이 춤추는 마을은
내륙 깊숙한 계곡에 숨어 있다
고래들은 이 비좁은 강줄기를 타고 올라와
춤을 추다가 간다
풍어를 기원하는
제신의 염원은 그를 위해
아기를 안고 있는 고래와
얼룩배기 호랑이와
허리가 잘록하고 늘씬한 살쾡이
팽이 같은 삼각형의 사람 얼굴을
그려놓았다
기마족이 밀려와 닿은 마을
철철 넘치는 언양의 물길 곁에
삼각 탈을 선 샤먼이 나와
딩각을 불며 고래를
춤추게 한다

복숭아 통조림

어린 시절 황달로 입원한
아버지 병실에서
위문하는 사람이 가져온
복숭아 통조림
그 알싸한 감미가 슬픔 대신
황달의 빛깔로 황홀했던 기억

오랜 나의 벗이
나의 병실에 위문 오면서 가져온
복숭아 통조림을 함께 먹는다

어느덧 내 몸도 서녘 짙은 노을
잘 익은 노오란 복숭아 살처럼
졸여진 단내가 허리 통증을
잠깐이나마 가라앉힌다

세월과 세월을 건너는
회한의 바람도
오랜 친구의 우정도 아버지의 기억도
삭고 삭아 디디면 깊숙이 가라앉을 듯

푸석거리며 바람에 흩어져버릴 듯

저녁노을은 차츰 어둠에 퍼져 나간다

먼동 1

캄캄하던 주위가
갑자기 물상의 뒤쪽부터 차츰
빛 길을 열고 있다

조간신문을 읽다가
창 쪽을 눈 돌려 보니
난초의 잎새
여린 천리향 잎사귀
모두 어둠을 털어내지 않은 채
잎새 사이로 밀려드는
환한 햇살

손을 잡고 다리를 걸고
가슴을 껴안고
반짝반짝 빛 길을 노래하고 있다

제 빛을 되찾는
수란스러운 움직임
고요하던 먼 산의 산능성이가 먼동에
서서히 어둠을 털고 일어선다

먼동 2

해가 지면
천천히 서녘 붉은 바다가
어둠을 일으켜 세우고

달이 지면
별빛 또한 함께 잦아지고

햇살이 다시 돌아와
먼 곳부터 사물을 일으켜 세운다

여린 나뭇가지 사이로
뻗어 오르는 햇살은
주위의 사물들 데리고 노래한다

달빛 고요함을
안고 칠흑처럼 어둔 하늘
찾아오는 긴 밤을 지키려 다가온다
하나님도 지키지 못하는

서녘 바람

서녘 바람 불어 오면 행여
도시로 떠난 일가친척이라도 찾아올까
낯선 소식이라도 빈 바람에 묻어올까

해가 뜨고 달이 지는
고향에서 보냈던 어린 시절
무엇인가 늘 기다렸던
기다림

바람 불어오는 날이면
들판 바람개비 돌리며
시간을 흩어낸
지친 추억의 흔적
여위어 가는 몸의 근육

아 고구려

사랑이 커질수록
더욱 강렬하게 타오르던 당신의 눈빛
비듬 떨어지지 않은 구렛수염

풍납토성
만주 오녀성채에 올라
기단석의 체온을 측량하며
육중한 고구려의 돌덩이 어루만지던

여위 가던 손길이
영원히 멈춘
고구려를 그토록 사랑했던
강찬석의 죽음
2013. 12. 17.
조간신문 부음란에 실린

문화유산 지킴이 1호
이승에서 외로운 정신적 혼혈
저승의 디아스포라로 다시 길을 떠났다

몸은 원시림

물질과 정신이 어울려
다리를 걸고 몸을 섞어
만들어 낸 신비한 물질

몸은 생각에 순종하기도 하지만
갑자기 등을 돌려 물질로
다시 되돌아가기도 한다

가을 낙엽 지듯이 원시림 숲 속
흔적 없이 감추어버리는
몸

노을

노을이 품은 늙은 태양은
이미 자신의 이름을 잃어버렸다
어둠과 몸을 섞는
날마다 벌어지는 일이지만
장엄함의 모습은 늘 다르다
한낮 태양이 강열할수록
스스로 자신을 해체해 내는 모습은
더욱 황홀하다

다만 오늘처럼
비 내리는 날
낮과 밤의 경계는 비에 젖음으로 인해
또한 어두우면서 아름다울 따름이다

자연

    지구 끝 모서리는 영하 40도의 한기가 그 건너 대륙은 영상 40도를 웃도는 여태 지구가 겪어보지 못했던 변화의 시작, 미세 먼지가 하늘 뒤덮은 자부룩한 하늘 바람길 따라 수십만 철새가 북쪽으로 날아간다. 피를 토하며 죽어가는 AI가 깃털 따라 이곳으로 묻어왔다. 오리와 닭 수만 마리를 산 채로 땅에 묻는 방역의 소식이 숨가쁜 일기 예보와 함께 방송된다. 하나님이 왜 계시는지 부처님이 왜 계셔야 하는지 자연은 결코 선하지만 않다. 인간도 그 일부일 뿐인가?

태양

저녁노을에 몸을 푼
태양은 자신의 이름을 잃어버린다
황혼의 넓은 바다
장엄한 어둠으로 건너는 시간
머뭇거림도 잠시
저녁노을 몸속에 숨긴
태양은 자신의 본질을
스스로 포기해 버린다
비록 짧은 순간이지만

황혼의 넓은 바다
바람 따라 펄펄 날기도 하는
화려한 색상
다만 짧은 순간 머물렀다
어둠으로 다시 건너야 하는
운명적인 잠깐의 변색일 뿐이다

꽃에 맺힌 이슬방울

이른 새벽 몸을 감춘 잎새엔
한밤 동안 흘린 눈물
방울방울 영롱하게 매달렸다

어둠을 걷어내고 햇살이 다가오면
씻은 듯 눈물 걷힌 자리
짙은 꽃잎이 일어선다

하루하루 피었다 몸을 감추는
숨바꼭질
언젠가 씨앗 맺는 힘든 시간도 지나

화려하게 몸을 푼
꽃들의 견고한 고통
소리 없이 매달렸다 사라지는
이슬방울 같은

지난밤이
이 꽃의 전 생애를 입에 머금고 있다

고향

서울에서나 동경에서나
고향 말만 들어도
어디선들 늘 그립다

언제 어디서고 엄마라고 하면
서럽듯 그리운 듯

어느덧 아내가 아이들의 어머니가 되어
가슴에 쏠어안기는 아이들
언제 어디서고 그리운 듯 서러운 듯
고향
그 한 마디, 어머니는 떠도는 아이들의
정박지
어두운 밤에도 닻을 거두어 주는
넓디넓은 포구다

산

봄 산은 푸들푸들 떨면서 세로로 일어서려고 한다. 까까머리 층층이 난 솔빗을 털면서 여름 산은 봄에 틔운 꽃 잎 새순을 흔들면서 소쩍새 오라고 손짓한다. 풋풋한 밤꽃 향기 바람에 흔들리며 여인들을 유혹한 다. 가을 산은 지난 날 산의 기억을 지우며 온갖 빛을 끌어안는다. 곧 땅 속에 묻힐 흩어진 단풍과의 정념과 이별을 아쉬워하며 소쩍새 핏빛 울음 토해내는 겨울 산은 털어버릴 것 지울 것 없는 텅 빈 가슴과 바람만 남아 있다. 검은 색과 흰빛 또는 절대 순도의 회색빛으로 겹겹 둘러 있는 제주의 겨울 산. 진화가 더딘 비밀은 안고 있는 화산 바위 용암이 끓어오르는 소리가 파도 소리에 휩쓸린다.

욕망을 비우면서

세상에 진한 것이 있다면
정념보다 더 붉은 것이 있으며
세상에 슬픈 것이 있다면
죽음보다
더 어두운 것이 있으며
세상에 귀한 것이 있다면
세상 모든 어린아이보다
더 흰색이 어디 있으며
세상에 놓지 않고 싶은 것이 있다면
내가 알지 못하는 지식이 담겨 있는
책보다 더 밝은 것이 어디 있으리
하긴 세상 사람들
다 중하다고 하는 재물이나 생명은
내가 중하다고 여긴들
저절로 나를 찾으며 지켜주겠는가
제 오고 싶으면 오고
가고 싶으면 가고 마는 것이니
작은 기쁨인들 내가 누릴 수 있는 것은
책 읽기보다 더 귀한 것이 어디 있겠는가

아름다운 모습

세상에
사람보다 더 아름다운 것이
어디 있을까
꽃들이 자연이 아름답다고 하나
사람보다 아름다운 것은 없다

60을 넘긴 아내가 돋보기 너머 조용히
책 읽는 모습
곁에 잠든 강아지 머리를
이따금 쓰다듬으며
책갈피 세월 넘기듯
세상 읽어가는 아내의 모습

초여름 밤

세속으로 달려가는 길을 접으니
눈에는 청산이고 귀에는 새소리
남은 길이 머잖으니 세상 둘러보는
여유가 있어
입으로는 할 말이 줄어들고
귀에는 바람소리
헌 옷은 아니더라도 얼룩진 옷 벗어 던지고

내 평생 끌려다녔던 학문도
세상길처럼 어긋나는 것 또한 많으니
먼지 낀 얼굴 씻을
맑고 푸른 강 어디 있을까
먼 발치 장맛비 몰려오니
지는 석양볕 물가 꽃빛 되어 어른하네

봄꽃 지자 우거진 숲, 해는 더욱 길고
몰려오는 잠 밀어내는 벌레소리, 새소리
내 외로운지 어찌 알고 나를 달랜다고
어찌 저리 소란스러운가
해는 져서 서산으로 산으로 넘어가니
기다린 듯 저녁비가 듣기 시작하네

바람

봄바람은 흔들리면서 햇살 부서지듯
여름바람은 거침없이 햇살 안고
가을바람은 수줍은 듯 햇살 비켜서고
겨울바람은 놀랜 듯 햇살 등 뒤를 밀면서

계절 따라 다른 얼굴로 한시도 쉼 없이
이 세상을 쏘다니고 있다
꽃잎 흔들리듯 낙엽 져서 구르듯
저 멀리서 가까이서
눈에 보이지 않는 산짐승처럼
내가 사는 28층 아파트 머리 위를
쏜살처럼 휘젓고 있다

소리 없는 깊은 강자락에서

깊은 강물 소리 없이 흐르지만
온갖 물고기들은
강줄기의 두터운 축복을 모르고
끝없이 얕은 여울에 몸 담근 채
태양볕에 말라드는 등지느러미

이젠 햇살이 보인다
큰 강물 줄기가 힘차게
우리를 안고 돌아온
세월의 힘이
그냥 곁에 있다는 것이
얼마나 온고하고 감사했는지

저 성긴 논두렁 잔디에 누워
지난 세월을 불러올 휘파람을 분다

세상 그립지 않는 것이 없다

소유로부터 벗어난 것들은
모두 그리워지나
시간과 공간이 만든
멀어져 있음 탓인가
추석 연휴 휴대 전화의 전원을 끄고
아침마다 배달되던 신문도
TV 전원도 내려놓은
빈 며칠을 몇 권의 책을 읽으며

이렇게 세상과 약간 벗어나 있는
시간의 그리움과 아름다움이
가득할 줄이야

특별한 사랑의 추억도 없이
마냥 보고 싶은 사람들도 생각하며
넘기는 책갈피에 포개어지는
그리운 영상을 만난다

푸른역사 책 만드는 박혜숙
왠지 연민의 다사한 솔바람 되어

행간을 뒤꼬고
역사 학문을 찍어내는 그녀의 고적함
만주 여진사에 유별난 관심을 가진
털메투리 눌러선
만주 여인의 눈빛을 가진

때 아닌 눈포래 날리는
서울 시경 옆길을 소리 없이
휘젓휘젓 걸어가는 그녀의 주변에
밀어닥치는 고요와 적막함

박사장이 드나들던
통인시장 막거리집
오늘은 문이 닫혔다
그리움은 다시 소유로 향해 달려간다

영선못

영선못 뚝을 바람개비처럼 내달리다가
왕철갱이 꽁무니에 진흙칠해서 허공을 휘저으며
수컷을 유혹하며 놀던 그 텅 빈 세월의 자리에는
학교와 슈퍼마켓과 약국, 문구점, 라면가게, 빵집이
들어서서 지난 세월을 향한 길을 가로막고 서 있다.

그러나 아직 그 밀집된 도시의 내면으로 흐르고 있는
세월의 숨소리 귀 기울이면 들린다.
영선못 물길처럼 넘쳐 흘러내렸던
세월의 그리움이 있다.
바람처럼 일어나는 일어서는
그리움 속에는 아직

제 **2** 편 오르간

도시 사람

텅 빈 하늘엔 퍼덕이는 닭
흙먼지 가득한 시골, 내려앉은 사립문
유유히 맴도는 솔개의 반짝이는 눈
누가 한 짐 나무를 지고 산등성이를 내려오는가
누가 숯처럼 까만 냄비를 아궁이에서 꺼내는가
여기 등 굽은 하늘에는 아무도 다니지 않는다
외길 가는 할머니 굽은 등처럼 흰
사립문 삐걱거리는 소리만 들릴 뿐
산 꿩의 비명소리만 들릴 뿐

키다리 시인 할배

—도광의 시인에게

말해주세요
흔들리는 이 세상
식은 땀 손등으로 태양 볕
훔치며 우쭐우쭐 걷는 당신
경산 와촌 갑골길
새로 난 신작로 벗어나
어디로 그렇게
재빠르게 가시는지
당신은 웃고
시를 쓰고
경청하고
마시고
끄덕이고
잔을 비우고
몽상하는 여자처럼
외로워 보이고

말해주세요
당신이 키가 큰 이유를
당신이 마실 때

숲에서
풀벌레 소리가 나는 이유를
당신이 웃을 때
트램플린 위에서 뛰노는
아이들 소리가
나는 이유를

춥다

고창 읍성
낯선 하늘 아래
부들부들 떠는 나뭇잎
나뭇잎 사이로
흩어지는 그림자
나뭇잎과 그림자 사이
참 춥다

고창 읍성
저녁 연기 흐르는 쪽으로
짓눌린 돌들
날아오르는 돌담길
흩어지는 그림자
돌담과 연기 사이
참 춥다

오르간

오르간 건반
귀퉁이 조각은 떨어져 나가고
금이 간 틈새
검은 핏줄 엉겨 있다
건반을 누르면
가슴에 차 있던 바다가
튀어나온다
뉘엿뉘엿 지는 태양
실금 가닥 난
오르간 건반 위로
철없는 아이는 올라가
발에 붙은 그림자를 떼어 내려고
건반을 밟아댄다
아이가 노인이 된다
짐승이 노래한다
발은 뜨겁다

늙음

차츰 줄어듭니다
차츰 가벼워집니다
체중도 식사량도
찾는 이도 찾을 이도
착신 우편물도
초대장도
희망의 선물도
차츰 줄어듭니다
차츰 늘어납니다
차츰 무거워집니다
눈물도 서글픔도
어두움도
지난날 영상도
미안함도
시간도
차츰 늘어납니다

손녀, 윤

어린이 날
그 하루 전 날 못 온다네
윤이가 못 온다고 그러자
사놓은 색동옷은
누렇게 변하고
벽시계는 더 이상 가지 않고
잡아놓은 고추잠자리는
더 이상
움직이지 않는다
졸다가 깬 강아지 베리는
내 눈치를 보고
윤이는
나의 모든 것을 빼앗아가는
크로노스

안개

새벽안개는 서둘러 달려간다
버드나무가 노래하는 곳으로
안개 속에서 풀잎과 이슬과 아침은
소멸하고
살갗처럼 부드러운 속삭임에 휩싸인 채
버드나무의 노래를 머금고
강가에서 침묵하며 지친 듯 잠든다

장맛비

바람에 쏠리며
나뭇잎 적시는 장맛비
어김없이 잦아든다
잘 익은 앵두빛 붉은 빗방울로
잎새 젖은 녹색 빗방울로
하얀 밤꽃 냄새
흥건히 밴
흰색 빗방울 모여
강줄기 가득
들판으로 흙탕물로 달려온다

6월 중순 장마는
열기를 토해낸 태양이 보내온
전령
추럭추럭
쉼이 없이 내린다
빗길 사이 형형색색
빗방울 열매를 매단
나뭇잎이 더욱
수런거린다

가을 사랑

저 들녘의 쓸쓸하고 외로운 몸짓
자글거리며 쏟아져 내리는
태양의 빛살같이
달콤하게 단 내음의 조림
붉게 익어가는 사과
너른 들판을 쏜살처럼 달려오는
저 온순한
그리운 가을 태양의 몸짓
방금 헤어진 여인보다 더 아름답게
다가와 스쳐지나가는
가을바람

정완영

―정완영 시인을 보내며

왜 어둠이 어제보다 더 깊어졌을까
불어오는 바람소리가 더 무거워졌을까
젖어 오는 밤이슬이
외로움을 더욱 무겁게 매달기 때문일까
푸른 동천(冬天) 물들지 않은 낙엽 타고
푸른산 뻐꾸기*
천둥 벼락 장대비 헤치고
길 떠난 탓일까?

*푸른산 뻐꾸기: 정완영의 시 삶꽃에서 따옴.

그리움

그리움 때문에
밤 새워 울던 뻐꾸기가
울음 멈춘 봄날
그 봄날은 유난히 길었다

뻐꾸기 소리 그
빈자리엔
달가닥거리는
도시락 소리로 가득 찼다

뻐꾸기 울던 자리엔
적막한 보리밭과
깜부기같이 타 들어가는

그리운
희망만 남았다

유죄

어둠 잦아드니
내 머리에 든 배움도
익숙해진 몸놀림도
날래진 입놀림도
검은 그림자가 된다
담벼락에 이리저리 퍼져
구겨진다

무용한 삶의 문법을
길을 잃었던 그 문법을
왜 배웠을까
꽤 긴 시간
헛것처럼 헛것과 어울려 온
나의 세월 앞에
또 하나의
문법책이

영사(詠史)

내가 살아온 이 땅
역사의 뒷편에
아무런 까닭 모른 채
죽은 이들
초승에는 초승달 넋으로
보름에는 보름달 정령으로
보리밭 사이로
서걱서걱 밀려오고

햇살의 열기가 늦추어진
가을엔
가을비 몰고 달려오고

한 겨울이면
시린 찬 바람 소리로
달려오는
벌거벗은 이 땅의 역사

땅거미

해 저물 무렵 산속에 깃들어 있던
혼령들이 천천히 산등성이를 일으켜
실루엣처럼 어리는 하늘
빛의 어깨를 건너
어둠으로 기울어진
별빛 쏟아지는
땅으로 몰려온다
한낮 느티나무에 숨어 있다가
이 끝없는 어둠을 일으켜 세우는
서낭당 돌무더기
그 옆으로 괭이와
삽을 어깨에 메고 가는
농부들, 아버지
묘지를 파헤친다

전설

　골 깊이 불어오는 마을 뒤 솔밭 바람소리. 어둑하게 밀려든 잠에 빨려 들어가는 마을, 아직 삼경에 못미쳤으나 점점 더 높이 달아나는 달이 산마루에 걸려 있는 밤 구름. 쨍그렁 울리는 달빛 사이로 소달구지가 내어놓은 고샅길로 몰려드는 바람소리. 휘날리는 붉은 나이론 치맛자락, 점점 깊어가는 시골 겨울밤, 화롯불에 발갛게 익어가는 방 안의 풍경, 시무룩하게 말없이 곁자리를 지키던 영아, 무당이 되어 마을을 떠났다. 온 산천의 나무가 소리를 그려내면 강 건너 외딴집 창문에서 날아오는 호롱불빛. 봄기운을 주체하지 못해 밤 새워 뒤척이다가 어느 날 대처로 길 떠난 영아는 다시 이 마을로 돌아오지 않았다. 그해부터 바람이 멈춘 겨울 초입, 마을 청년들이 하나씩 둘씩 죽어나갔다. 이제 슈퍼마켓이 들어서고 도로 포장이 된 마을, 겨울 사과 숭태기*도 남기지 않고 바숴먹던 화롯불에 붉게 익은 터실터실한 입술은 사라지고 철없는 아이돌 그룹의 에로틱한 춤사위, 이야기 같지 않는 텔레비전 뉴스가 들리고 몹시 추운 겨울바람이 불고 있다. 이번 겨울만 해도 이 마을 뒤 솔밭 바람 소리가 있었다. 그리고 많은 청년들이…

*숭태기: 사과의 속 씨방이 있는 부분, 경북 안동 방언.

초여름

바람 마디에
네 모습이 그리운 갈대처럼
흔들리고
스쳐가는 햇살 날개에
황금빛 추억 어린 색깔이
칼처럼
새겨져 있고
들풀 향기는
짙은 크레용 향기로
도화지 깊숙히
베여 있다

산보

하늘에서 내려오는 것은 빗물이 아니다
라일락 향기가 하늘 틈새로 내려오고
금잔화를 머리에 꽂은 아이들이
외로운 땅위에 선율처럼 내린다
낯선 하늘 아래
풍경을 만드는 오래된 기억의 하강
경계의 풍경
너는 꿈을 꾸고 있다
누이는 갈색머리를 빗고
너는 멀리 있는 친구에게 편지를 쓰고
그 위에 너의 이름을 적는다

태화강

내 첫아이가 자라났던 울산
태화강가 서걱거리는 대나무 숲
아직도 멈추지 않은
푸른 물빛 바람
쉬지 않고 노래하는
구름 흩날리며
반짝이며 몸을 트는 대나무 잎새
떼 지은 철새들
어둠 내리듯 하늘 뒤덮고
열려 있는 귀
열려 있는 눈
점점 자라던 내 아이처럼
세월 지난 태화강변
숲에서 들려오는
그리운 추억
한 발을 들고 무심히
푸른 강물을 응시하는
해오라기 한 마리
그 고요함 속
세상의 끄나풀이
또 이어져 가고 있다

이별

그대는 이미 바람을 이고
저 은둔의 밤으로 걸어갔다
몹쓸 별들은 서러워
머릴 풀고 **뿔뿔이** 헤어졌고
빈 들판 홀로 몰려다니는
참으로 긴 어둠

울다가 지쳐버린 밤 짐승
갓지어낸 제삿밥을
행여 제삿밥 내음 맡고
살아서 바람을 이고 떠난 어둠
서럽도록 우는 바람 사이를
서성거리고 있다

죽음이라는 이별은
머릴 풀고 달려오는 바람일 뿐
일찍 잠에서 깨 고개 숙인
백목련의 수려한 목덜미를 건드리고
한쪽 손에는
망자의 지팡이를 들고 서 있다

지진

가끔 이 땅덩어리도
숨을 쉬어야겠지
고도 경주 불국사가
지축과 함께 흔들리고

반월성 숲속 하늘도
청운교도 다람쥐도
페가수스좌도
흔들림보다 앞서는 두려움도

역사의 능선에서 지친
사람들도
조각난 마음처럼
흔들린다

대웅전의 부처님도
그 짧은 순간
안드로메다 성좌 바라보시며
잠시 숨을 끊고 있다.

팽목항에서
—세월호를 생각하며

색색 여러 켜로, 거꾸로 일어서려는 파도는 여전히 거칠다. 거친 파도에 흩어진 개나리꽃, 둥둥 물위로 떠오른다. 푸르게 멍든 잎과 유난히 희게 보이는 푸르던 가지가 파도의 치마 자락에 연이어 휩싸인다. 생각의 주름을 지우려 해도 기억과 상상을 매몰차게 다시 일으키는 팽목항 바다는 끊임없이 일어섰다 앉았다가 또 다시 일어서기를 반복한다. 넓디넓은 바다에 노랑나비들이 바람을 일으킨다. 찬바람이 몹시 불어온다. 나는 바늘 침상 위에 눕는다.

내 몸의 언어는 눈물이다

붉은 벽돌 고요한 성당
창문에 내려앉은 낙엽무늬
넓게 펼쳐진
성모당 마당
굵은 모래밭
모래알 살랑살랑 흔들며 울려오는
감미로운 성가대 노래
발을 옮기지 못하는
성모는 운다

성모당 모서리 돌아서는
신부님의 검은 옷자락이
몽룡한 가을 하늘을 뒤덮는다
옆으로 기울어졌던
전신주가
점점 멀어져 간다

그날 안토니우스라는
세례명을 받았다
내 몸의 언어는
눈물이다 생리와 관계없이 쏟아지는

항해

고무줄놀이를 하며
찬 공기를 흩고 날아가는
겨울 새떼들
군무를 멈춘
저녁 어둠 지워지기 전
바삐 서쪽 하늘로
바람을 돌려 세운다

황홀한 황혼녘 같은
내 어린 시절의 부셔진 꿈을
V자로 일으켜
들판을 항해하고 있다

그해 겨울의 시는
아직 그 넓은 들판에
그대로 서 있다

하늘 풍경

허무한 낙엽부스러기만
남아 뒹구는
하늘이 유난히 높은 고향
빈 낮달 남겨 둔
갈나무 가지에 걸려 있다
세월 지나도
낯설지 않는 것은
하늘이
유난히 먼
고향이기 때문이다

별빛

불빛은 지워지지 않는다
꺼지지 않고
소멸되듯 눈빛 속에서
되살아나 유전된다
나의 눈에서
그대의 눈으로
이송되는 횃불처럼
세월을 이어가는
징검다리
그대 눈동자 속에서
붉게 타오르고 있다

말의 죽음

전달되지 못한 죽은 말들
그 서러움이 얼마나 어두운지
아무런 자취도 없는
말

아침 서릿발
흰 옷자락 붙들고
산을 일으킨다
흔적 없는
바람 몰아온다

먼 길 가야 하는
사람들의 죽은 말
오한에 찬 냉기가
사물들을 일으킨다

일몰

붉은색과 회색이
몸 섞는 일몰시간
황금의 시간은 가 버리고
어둠에 순식간 지워지는
붉은색과 회색
그 율동하는 짧은 생명

소년의 노랫소리 그치고
일몰의 붉은색 회색
너의 숨결, 너의 속삭임
또한
가버리고

우렛소리

출렁이는 세상의 가파른
벼랑에 몸 기댄
한국사를 수식하는
한국어
그 허망하고 슬픈
이 천 여 년의 무게
옛사람들이 얽혀
하늘에서 굴러내리는
우렛소리에 섞여있던
가쁜 숨결이 들려온다
바람결이
벼랑에 주름처럼 새겨진
내 가족사와 흡사한
고난의 한국사
책갈피마다
우렛소리 담겨있다

소년 시대

그대 내가 안 이후
내겐 슬퍼하는 날이
기뻐하는 날보다
더 많고 길었다
그렇게도 긴 끝이 없는 강이
있는 줄 나는 몰랐다
내 무릎을 적시며 차오르던
푸른 물빛
네 혼령의 소리
그곳에서 멱을 감았던
영명한 세월
어찌 긴 강물 끝없이 흐를까
그대 가슴에 고인

대설주의보

큰 눈이 오는 줄 몰랐던 날
그토록 바쁘고 중요한 약속
그 끈을 너무나 편안하게
내려놓는
눈이 오는 날
모두가 허락하고 용서하는
긴장이 허물어지는
하늘보다 더 높은 곳에서
흰 눈이 내린다
흰 소리가 몰려든다
대설주의보가 발령되는
저녁뉴스
세상이 눈과 함께
땅으로 달려오다가 가슴으로
다가온다
평온한 큰 눈이 내린다

조용한 소리가 몰려 온다
너와 나의
소유의 경계가 허물어지는

사물

즉물주의와 나열
흩어놓은 사물 사이
충돌하는 비명
낱말의 두통
부드러운 전율
시각의 이동
늙은이의 반 문명
까만 눈동자

유령선

우리는 상당히 오랜 시간동안 유령선에 갇혀
숨을 죽이며 살고 있다
먼 바다는 잠잠한데
이 유령선이 헤쳐나가야 할
가까운 바닷길은 엄청 흉흉하다
"박근혜 대통령은 파면한다"

이야기의 나라

한국 사람은 호메로스의 시대에 살고 있다
입을 모아 세상 일들을
이야기로 만들어 내는
묵직한 황금보다
빈약한 경작지보다
더 소중하게 가슴에 안고 산다
행복을 만나러 이야기를 꾸미고
기쁨을 나누기 위해 이야기를 전파하는
신화의 나라
동화의 나라

광기의 한국현대사

거짓과 다투는
곧은 언어의 끝은
마디마디 부러지고
싹이 돋지 못할 절망만이
물방울처럼 송골송골 매달린다
우수처럼 번져가는
거짓과 위선이 수군거리며 몰려다니는
암울하고 허기진 거리를
야수가 된 권력의 시녀들
그들이 거느리는 집단 광란이
휘젓고 거니는
이 위선의 공포
권력과 분리할 수 없는 지옥
붉은 깃발 퍼들거리고
나부끼는
거짓 가득한 패거리들
저 어둠에 찬 눈빛과 어두운 표정들

가난이다

자가용을 타고
번화한 백화점
아이들과 손을 잡고
외식을 할 때도
하늘과 땅 사이에서
가난을 나누어 먹는다

나는 달의 침상 아래 잠들고
닭 울음소리에 깨고
백화점 부스 사이를
갈참나무 사이에 난 길 위를 다닌다
어두운 시냇가에서
풀을 뜯는 가난이다
아장아장 내 아이가
반짝그리는 긴 복도를 걷고 있다

눈빛의 축제

겨울 솔밭 사이
달려 나가는
귀밝이
제전
죽음보다 더 깊은
고요
햇볕보다 더 밝은
침묵
물방울보다 더 깨끗한
순결
바람소리보다 더 조용한
정적
가물거리는
촛불
마음에 빛을 밝혀주는
순수

별

영글지 못한 언어로 묶인
추상
공연장 앞에 버린
팜플렛
미풍의 바람에 떠도는
그림자
단 한 번도 열어본 적 없는
서랍
한 번도 달려보지 않은
사막
고독한 낱말로 읽은
편지
캄캄한 내 마음에 깃든
별

티끌

시간이 바람에 흩어지고
거주지도 바람에 날려
까마득히 어둠에 지워진
티끌의 눈물
지워지지 않는 기억이 가물거리고
오래되지 않은
추억마저 바람에 흔들리는
거미줄에 걸린 나비 아래
팔락거리며
저녁 어둠을 적시는 흐르는 강물
풀섶 별빛 같은
뱀의 눈알
소름끼치듯 더욱 아름답다

촛불 시위

자유가 갈 곳이 없어
길거리로 쏟아져 나와
머리채 흔들고
치맛자락 걷어 올린
밤하늘의 반딧불이

노란 개나리꽃 꺾어들고
신 내린 사시나무 떨 듯
고통스런 절규로 돌리는
정월 대보름
쥐불놀이

모딜리아니

유난히 목이 긴
여인
한 곳만 바라보다
기울어진
구도
축 늘어진
니트
창 사이로 스며드는
빛
채 그리지 않는
눈
빛으로 구도화된
사실
세월에 따라
바뀌는
성서(聖書)

유년

찐 우유는 돌덩이
토끼 앞니로 사각사각
사카린 넣은
밀빵, 보리쌀 볶은 먹이
유행은 입맛으로부터
나왔다

헬로우 쩡껌
종이배 모자를 쓴
양키를 만나면 외쳐댄
질겅거리는 셀르민트 껌
보건시간에
속옷 벗어 바위치기 하면
별처럼 터져나오는
내 핏빛
먼지 흩어진
시간
찐 우유
돌덩이

바다가 세로로 누워 있다

—인양된 세월호를 보며

저 멀리 불빛 아래
인양 바리선 위에 바다가
세로로 누워 있다
아픔들이 삭아 녹슬고
온몸은 벗겨져
암울한 침묵으로
살아있던 사람들의 파편이
세로로
걸어 나온다
바지선 위 전등불이
가는 빗줄기처럼 몰려
밀어닥치는 바다
깜박깜박
보이지 않는,
피부에 스며드는
비명소리
갈매기도 날지 않는
바다가
세로로 누워 있다

산책

어둠 속
가로등 불빛 하나
유령같은 그림자를 드리운
그 밑을 걷는다
새파란 잔디가
폭신하다
하늘에는 푸른 시간을
어둠으로 드리우고
지나간 시간을 본다
개울이 강을 이룬
나무 아래
잔디 위
새 한 마리 울지 않는
어두운 시간을
건너고 있다

하노이
—베트남 전쟁기념관에서

부서진 질서의 들녘
뜨거운 태양에
말라가다
겨우 남아 있는
척추 骨에 연결된 머리통과
벌어진 두 다리
그 사이

푸른 새가 절망을 물고
총알같이 날아가
하늘 높이 떠 있는 새와
엇나른다

벽에서
걸어 나오는 미군 병사의
총대에 걸쳐진
베트콩 어린 병사의 시체
전쟁 사진에서
풍겨 나오는 부패한 신음,
가혹한 힘의 질서

해안선

이 세상
모든 사물이 거주하는
바닷가 외로운 집은
말로 지어져 있다
바다는 이미 사물이 아닌
말일 뿐

존재를 드러내는
푸른 말로 출렁이고 있다

바다와 빈 집
사물이 아닌 시
그 가역적인 관계는
유혹의 언어일 뿐
일몰의 시간, 꼬리치며 노래하는
붉게 저무는 해안선

김춘수

하늘에서 보내준
탐미주의자
이름 모를 도공이 빚은
달 항아리
죽은 이를 살린
오르페우스
나뭇가지에
바람을 놓아주고
빛의 음영에 따라
세월의 건너편
그리움으로 존재의 집*을 지은
당신은 마술사

꽃망울 터지는 봄날
달 항아리로 날아든 새 한 마리
여윈 발가락이
가늘게 떨린다
가버린 세월을 직조한

*하이덱거의 말.

버드나무

들판에 나선 나무들
머리카락 풀어헤친
자유의 방임
허리띠 펄럭이며
하늘로 날아올랐다
땅 바닥에 내려앉으며
몸 굴리는
바람의 유혹
외로울 여가 없이
겹겹이 포개어져
온몸을 감싸안은
머리를 푼
여인의 부활

기다림

찾아오는 어두움
장터에서 불어오는
잔잔한 봄바람에는
젖냄새가 난다
기다리는 엄마는 오지 않고

먼저 달려오는
어둠 섞인 봄바람
향기 섞인 젖가슴 안고
나는 잠이 든다

먼저 오는 황혼녘
어둠 섞인 봄바람
향기 섞인 젖가슴에 안겨
나는 잠에서 깬다

봄기운

해가 길어진 만큼
늘어진 봄날
다가선 봄 햇살
아직 하늘 찬바람
새들이 일으켜 놓은
바람결에
눈 뜨는 꽃잎
몸을 비틀치는 연록 잎새
새가 비켜 날아오른다

풍경

허무한 낙엽 부스러기만
남아 뒹구는
하늘이 유난히 먼 고향
빈 낮달
숨겨 둔 갈참나무
가지에 걸려 있다
세월 지나도
낯설지 않다는 것은
하늘이 유난히 먼
마을이었기 때문이다

불빛은 지워지지 않는다
꺼지지 않고
소멸되듯 눈동자 속에서
되살아나 유전된다
나의 눈에서
그대의 눈으로
이송되는 횃불처럼
세월을 이어가는
징검다리가
하늘에서 붉게 타오르고 있다

충돌

붉은 새와 노랑이와 잿빛이
몸 섞기 바쁜 일몰시간
붉은 핏빛이 어둠에 닿는 순간
지워지는 짧은 명을
다시 오리라는 기대마저
잊어버리는
빛의 충돌

그대 내가 안 이후
내겐 슬퍼하는 날이 기뻐하는 날보다
더 많고 길었다
그렇게도 긴 끝이 없는 강이
있는 줄 나는 몰랐다
차오르는
푸른 불빛
그곳에서 멱을 감던
영명한 세월
내가 그댈 잊은 이후
어찌 긴 강물 끝없이 흐를까

나목

들판에 서둘러 나선 나무들
바람에 맡긴 머리카락 풀어 헤친
자유의 방임
허리띠 펄럭이며
하늘로 날아올랐다
땅 바닥에 내려앉아
몸 굴리는
바람의 유혹
외로울 여가 없이
겹겹이 불어오는 바람에
몸 맡겨버린 머리카락
풀어헤친
상심한 살갗이
깃털처럼 흩어지는 겨울
텅 빈 하늘 꿰고 있는
나목 사이로
영혼이 흩어졌다
내려앉는다

죽음의 교신

SNS 교신 속에 죽은 시체들이
매일 쏟아져 나왔다
아침마다 일어나 바라보는
반복되는 거울 때문에
불일치하는 과다한 교신을
그들이 조금만 일찍 살펴보았어도
언어의 개죽음이 얼마나 슬픈 일인지
알아차렸을 것이다

죽음을 원했다는 보도는 없다
문자가 언젠가 죽는다는 사실의 보도도 없었다
죽은 언어의 나이에만 관심을 갖는다
반복되는 거울 때문에
인터넷을 열자 내 죽음의 시체들이
우루루 쏟아져 나왔다
가족이 조금만 세밀하게 살펴보았어도

내가 죽음을 원했다는 보도는 없다
나의 죽음이 쏟아져 나왔다
매일 차오르는 물길처럼

내가 죽는다는 사실은 아무도 알지 못했다
매일 일어나 바라보는 반복되는 거울 때문에
인터넷에서 죽음이 쏟아져 나왔다
태어난 아이의 나이에는 관심을 주지 않는다
죽은 사람의 나이에만 관심을 갖는
인터넷을 열자 나의 죽음이 쏟아져 나왔다

눈물

그대 이고 지고 가는
그토록 무거운 이승의 짐
언제 그 고난을 벗으리오
내일이면 달라질 듯
속고 또 속는
끝없는 야속함도
남김없이 아까운
눈 흘길 그 눈물
언제 다 마르리오

낙하

가을바람에
허릴 뒤틀며 떨어지는
홍매화
불 붙은 산사의 뒤뜰

노란 가을 햇살에
철퍼덕 맨바닥에 떨어지는
홍시
불타오르는 마을 앞산

그 사이로 찬 강이
바람 몰아가는 소릴 지르며
건너고 있다

세상엔 떨어지지 않는 것은
아무것도 없다

강진

—다산 초당에서

하늘 갈매기 유유히 노니는
다산 초당 앞마당
고난의 조선 역사의 핏줄기
그 뿌리를 땅 위로 다 드러낸
힘겨운 남도
잿빛 바닷바람처럼
강진 갯벌로 달려가 보아라

강진 저 바다
다산의 눈썹에 걸쳐있는
황토 빛 저녁노을
굵은 핏줄기처럼 드러낸
엉킨 나무뿌리

다시 깊게 묻어주게
남도 황톳빛 너른 땅

호치민 시티

허리를 감싼 살점이
다 흘러내린
생선 뼈다귀 같이 꺾어진
어린 아이 하얀 뼈
오징어 눈, 검은 눈을 가진
유난히 검게 탄, 아이의 시체

총검에 매달린 채
미군 병사의 웃음
사진에 걸려 있다
총소리 대신

짝짝짝
츄잉껌 씹는 소리
붉은 하이힐 소리

그 소리 사이로
메콩강은 더욱 붉어졌다
츄잉껌 씹는 소리에
붉은 꽃들이 흩어진다

전쟁기념관 바닥에
쏟아지는 사이렌 울음
아이의 시체

차당실

차당실 겨울 찬 밤이면
앞산 바위 섶에 귀 기울이고
쓰러진 슬픈 전설이
웅웅거리며 보름달 뜨면
마을로, 슬그머니 내려온다
푸른 달밤
산이 울면 저수지도 따라
출렁이는 들녘을 지나
찢어지는 어름장 비명소리
바람도 따라 운다
들판은 온통 울음소리로
가득 부풀어 오를 때면
목숨 하나 또 하늘로 휩쓸려
가는 가련한
혼령이 나타난다고 한다
어제 소꼬개*에
폐질로 죽은 인당네 화장하던
하얀 연기가 아직
하늘로 이어져 있다

*소꼬개: 경북 영천 차당실 마을 고개 이름.

도리원 삼산 마을

도리원 자두나무
흰꽃
아지랑날 이우는
푸른 바람
이슬 진 연한 잎새
봄 기운에
몸 뒤트는 내음
산자락 따라
기웃거리며 마을 내려온 산그늘
자두나무 가지에 내려앉아서
한 발자국 다가서면
한 발자국 물러서는
해그름
저녁노을 강 길 되어
삼산리 뒷산에
걸려 있네

홍매화

부는 바람에 꽃잎 흩어지고
몸 꼬는 연홍 잎새
봄기운 더욱 달아오르는데
차가운 바위 위에
시리게 푸른 하늘

아직은 차다

몸 가눌 길 모르고
절절히 토해내는 붉은
홍매화 가지에 얹힌
사월의 푸른 하늘

따스한 대지와
아직은 차디찬 하늘
그 사이 객혈하듯

쏟아내는 농염한
절규

바다 꽃

혼들리는 서러움으로
버텨온
푸른 바다를 딛고 서 있는
벼랑 끝
하얀 바다꽃
나비 한 마리
그 기적 같은 무명의 삶
나비가 살던
주소를 나는 모른다

가끔 밤하늘에서 떨어지는 유성을
이마에 올려놓고
이 밤에도……
사나운 비바람 돌머리로, 돌벼랑으로
들이받는 울림

끊임없이 세로로 일어서려는
저 흰 바다
더듬이를 곧추 세운
나비 한 마리

벼랑끝 뿌리 내린
눈부신 흰 바다꽃
그 눈썹이
한없이 춤을 춘다

겨울에 시달리며
이젠 남아있는 시간도
사람들이 사는
도시를 떠도는 유령같은 죽음도
잔 숨결 멈추는
12월의 마지막 주 토요일
순례자들 발길도 끊어지고
거대한 빌딩을 이끌며
고단하게 달리는
저승의 바람도
여기서
만들 때가 있다

바다가 보이는 벼랑 끝
눈부신 흰 나비 한 마리

징기스칸

서부 몽골족 갈단칸은 청군에게 전사한 아노다리
죽음을 애도하며 독을 마시고 알타이 산중에서 자살하였다
숲속 모든 소리를 삼키고
역사의 텅 빈 바람만 건네준다
마음 연 뻐꾸기 울음이
우레 같은 바람 소리를 가르며
달린다

빗물로 이루어진 벽
슬픔처럼 솟은 나무엔
서러움의 목테를 두른
안개가 구름과 만난다

그 머언 죽음으로 되들어가는 슬픔의 문
까마귀 한 마리
바람 따라 날아오른다

머리

생각이 증발된 텅 빈 머리
슬픔이 되고
상상이 머문 두 눈
멈춤이 되고
살대가 부러진 수레바퀴
그 위에 오른
세상
머리 풀고
신부님께 고백하는
청청한
하얀 시간

긴 노래

눈을 감은 자들
손으로 세계를 통치하는 자
샤먼
까마귀
검은 숲
하르쇼고이
영원한 하늘의
샤르 얼럭친
길게 우는 까마귀
모기떼에 쫓기는
굶주린 노란 늑대
몽골 스텝초원으로
나는 달려간다

제주 바다

먼 바다는 검은빛
가까운 쪽은 초록빛
추수가 끝나지 않은 바다는
황금빛
서쪽은 붉은빛

해가 지면
바다는 늑대처럼 울면
그 모든 빛을 잃고
검게 탄 용암 바위처럼
대지를 집어 삼킨다

일상

하늘에만 나는 새들에게
내 모든 아픔을 가져가 달라고
흰 밤을 새웠던 내 젊은 시절
그 정령은
어느 하늘가를 맴돌고 있을까?
살 속 깊이 파고드는
깊은 아픔이 가신 뒷날부터
나에게는 슬픔이 사라져 버렸고
무덤덤한 일상만
가물거리는 촛불이 되어
흰 방을 길게 끌고 있다
"제 자리에서 한 치도 날지도
못하는 나는 아직 흰 밤을
지키는 촛불"

눈 내리는 삿포로

눈은 사람 마음을 알고
침묵과 고요함을 데리고
땅을 향해 내린다
사람들 어깨에 머리에
닿기까지 머나먼 하강을 꿈꾼다

고층 건물과 고가도로
껴안고 있는 고요의 흰 바다
무덤의 함성으로
마지막 착지점에 이르러
하늘의 흰 바다를 펼치고 있다

북소리

맹그로브 나무줄기 사이
상상의 수사로 노래한다
노래에 섞인 메시지는 춤의 근원
문딩고족
졸로이프족
폴레이족
풀룹족의 언어로
호랑이를 부른다

고요한 밤 공기 사이로
들리는 노래
머나먼 볼렝게(Bolenge) 마을에
천사 아이가 태어났다
힘이 솟아나서 발은 하늘을 향해
용수철처럼 튀어오르는
축제의 불꽃이
눈동자 속에서 이글거린다

침묵하지 않는 북소리는
맹그로브 호랑이를 부르는
주술

2017년 2월 14일 하노이

오랜 전장의 두려움에서 벗어난
거리의 사람들
하노이 시가지 바람결엔
비릿한 핏빛 흔적이 남아 있다
흩어진 거리에 쏟아져 나온
오토바이 소음
헬리콥터, 포탄, 절규, 이별

사이공 추억 속으로 함락되고
그렇게 승리로 끝난
화약 냄새와 고엽제 가루 퍼져 있는
길거리에 앉아 포 먹는
꾸냥의 붉은 입술
붉은 고추 부침을 구워내는
길바닥의 여인네

긴 전쟁이
두려움 대신 물려준
구차한 순결
비가 멈춘 길거리에서

슬픔을 행복과 바꾸는
하노이 사람들
승리, 그 붉을 깃발은 금빛별처럼 나부낀다

밤안개

목이 잠긴
뻐꾹새
울음 빈자리
맴도는
바람

이 산 저 산 넘나들다
눈감으며 토해내는
바람

툭툭 터져 오르는
송홧가루
빈 산 중에 퍼지는
고백

주술

하늘에서
이 땅으로 내려온
북두칠성 빛
그 사이로
어려움을 쉬움으로
두려움을 친근함으로
먼 곳을 가까운 곳으로
보내는
바람이 있다
천둥이 있다
번개가 있다
노래가 있다
춤이 있다
칼이 있다

해 뜨는 동녘에서
달 지는 서쪽 하늘까지
천둥 번개 물리치고
바람아 몰려 오너라
바람아 불어 오너라

무수한 바람, 천둥, 번개가
머무는 곳까지
시시각각 몸을 비트는
북두칠성 별빛이 있다

침묵의 아침

미세 바람에
실크 커튼이 몸을 뒤트는
점점 부풀어 오르는
침묵의 아침

쌀쌀한 아침 창턱을 짚고
외발로 서 있으면
눈에 보이지 않는 물결의 흐름
느낄 수 없는 침묵의 냄새

창밖 박새 울음
물방울처럼 굴러
풀잎에
떨어지고

비로소 들리는
고요

창밖 파릇파릇 돋아난 풀빛과
어울려

이미 사라진 박새 울음과
손잡고
창 커튼을 살짝 걷어 올린다
쓰나미같이
봄 바다가 밀려든다

봄날은 간다

봄날 서편 노을은 유난히 짙은 잿빛이다
붉으스레한 황금빛 바다에 잿빛 구름
함께 출렁이다가
곧 어둠에게 모든 색조를 빼앗긴다

어둠을 다시 일으키는 별빛과
산마루 쓰다듬는
달님
소나무 가지에 걸렸다가
갑자기 하늘로 치솟아 오른다

어둠조차 가릴 수 있는 먹물 사이로
별빛이 일어나자
변화의 명암은 어둠이다
권기철 화백
화폭에 어질러 놓은 먹물 빛에 놀라
어이쿠! 봄날은 간다

봄 풍경

세차게 가로수 흔들어대던
바람에
얼어붙었던 강줄기
고드름처럼 툭툭 부러지더니
그 자리
새살 푸른 잎 돋아난다

꿈을 벗어 던진 하늘빛
한 순간 쉬지 않고
흰 구름 달려 와 어질러 놓은
긴 강변 따라
허둥지둥 달려가던

쉼 없는 바람
한 겨울 수란스럽던 무게
낮게 가라앉은 자리에

푸른 하늘이 새로 열리고 있다
연록 빛 나뭇잎 손을 잡고
강변을 따라
달려오고 있다

침묵

　그냥 여기 정물화처럼 그대로 앉아 생각만 하고 있는 데 나는, 그동안 참으로 많은 사람들에 입방아에도 오르고 손도 많이 탔다. 숱한 사람들이 마냥 내가 자기들 소유의 일부인 것처럼 내 순결을 짓밟기도 하고 내 사유를 갈기갈기 찢어 놓기도 했다. 따라서 내가 용서할 수 있는 대상은 존재하지 않는다, 다만 내가 용서 받을 수 있는 대상은 무수히 존재한다. 길 옆 모서리 담장 틈새 고개를 내밀고 있는 들풀잎마저 나의 구원자일 수 있다. 숱한 모서리는 각이 지고 때로는 길게 이어져 단단한 도시의 일부가 된 공간, 고요한 내 집 거실 탁자에 눈을 번연히 뜨고 그냥 있을 뿐, 나는 그들의 야만과 뒤섞여야 하는 나의 순결과 사유를 용서하기 위해 기도하고 있다.

다랑논

깡보리밥 한가운데 폭 쌓인
흰쌀밥
할아버지와 아버지께 드릴
배가 똥똥한
옥식기 밥그릇

뱃구레가 남달리 컸다는
내 배속은 늘 쪼르륵 쪼르륵
잊어버린 강물
아직 흐르고 있다

다랑논 천수답도 누른
꽃물결을 이룰 때가 있다
그 논 가운데 하얀 머릿수건을 맨
어머님 굽힌 허리 펴면

배가 부른 옥식기
깡보리밥 한 가운데
하얀 쌀밥이 꽃같이 피어오른다

제 **3** 편 거대한 낡은 집을 나서며

불온성 없는 세상 1
—수술대 위에서

나뭇가지에서 추락 직전의
무게로 버티고 있던
눈송이
하얀 눈 속에 몸을 감춘
새 한 마리
하늘을 차고 오르자
동시에 내려앉는
눈부신 햇살의 현란함

마취 상태에
복강경 수술 기구로 뱃살이 뚫릴 때
사늘한 철제 수술대 내면에 깔려 있던
무의식의 분노가
현란하게 뒤흔들리 듯
마을 앞 꽝꽝 얼어붙은 냇물이
쩡쩡 갈라져
실핏줄로 해체되는
생명의 울림
앞서가는 봄을 일깨우고
졸음 오는 에테르가 퍼지면서 일어서는

병원 창 밖의 노란 개나리
아직 얼음장처럼 차가운 철제 수술대

마취상태로
뱃살을 뚫는 복강경
그 차디차고 시린 아픔
무의식의 파르라니 뒤흔들리는 사지의 분노
그러나 2001년 새봄은 오고 있었다

불온성 없는 세상 2
—마취 속에서 꾼 꿈

에테르에 깔려
붉으스레 침몰하는 생존을 위해
발버둥치는 나의 치부를
엄숙하게 내려다보는
통제된 슬픔

저녁 노을빛에 번져 가는
압박에
바둥거리며 살아보려는
유치한 삶의 갈망 같은 것
의사들은 환자의 무의식을
의미 없이 훔쳐본다

털이 뽑힌 채
목줄기에 핏물을 드리운 채
숨을 다스리지 못해 퍼덕이는
죽어가는 오골계 날개
가느다란 흔들림은 차츰

의사들은 타인의 원죄를 무심히

엿본다
통제된 슬픔을 배우듯

악의 축

알사한 초콜릿 향기에 싸여 있는
기억들
월남전 참전 용사,
오촌 아제 귀국하던 날
따불백에서 쏟아져 나온
추잉껌, 말벌, 좆담배, 초콜릿에
묻어 있는 핏빛냄새
문병란 시인은 세월지나
오늘은 코카콜라 마시고
시큼새큼 게트림 같은 사랑만 배우네
랄랄랄 랄랄랄 지랄병 같은 자유만 배우네

종소리

이승의 삶이 얼마나 잔인했기에
공동 묘지의 적막은 오히려 평화롭다.
잿빛으로 변한 뼈와
한때 인간의 살점이기도 했던 주톳빛 흙
그리고 성스러운 비석들.
이 추악하고 더러운 쓰레기 하차장에서
비켜 서 있는 웅장한 적막.
인간 삶의 위대한 코러스가
묘지의 적막 위에
그것은
박해받는 향수처럼 부드럽게 울려 퍼진다.
무덤은 잔디와 파릇파릇한 꽃들에 덮여 있고
초라한 비석에 새겨진
얼룩진 비명에는 역사의 먼지로 채워져 있다.

Memento Mori

우리의 삶은
죽음의 바다 한가운데
떠 있는 외로운
섬
쟝그리니에, 그대 찬란한 육체도
세월의 무게를 이기지 못한 채
끝내 먼지처럼 사라지고 마는 것.

조화

눈은
평면 액자 속으로 사물을 배치하고
귀는
사물이 변해 가는 낌새를
제일 먼저 소리도 알려 준다.

사물은 놀라서 귀를 통해
평면 액자 틀에 갇힌 구속에서
눈으로부터 구도는
해방된다.

레비스트로스
―권기호 시인께

수도암으로 이르는 길을
전화로 이어준 권 시인 사모님은
길은 가르쳐 주지 않고
넥타이처럼 길게 휘어진
산마루 구름에 묻힌
부처님을 뵈러 간다는
속물같은 나의 말에 속아
신명 집혀
눈발 날리니 차 조심하란다.
수도암
가는 길은
눈부신 벼랑처럼 하늘로 흐르고
레비스트로스가 보았던
구조적 거리가 아닌
산길은 무척이나 멀었다.
차가 없던 시절에 시대에 유린당한
슬픔을 웃음으로 만나러
나선 길은
수도암이 자리한 고도만큼이나
주술처럼 길고 단단했다.

토벌군처럼 청암사 바람에 흩날리는
눈발은
지난 시대의 빈 계곡을 구르고 있지만
나는 아직도 그것을 보지 못했다.

팝콘

열에 달아올라 이글거리며
흰 속살을 희떡희떡 들어내면서
그 단단한 껍질을 부숴 버리며 터져 나오는
비명 같은 열망
그 단단하고 매끈한 표피 속에
깨뜨려지는 상처 대신
갈무리해 온 흔들리지 않는 정돈된 모습
활화산처럼
속살을 드러내며 흩어지는
자유로 향한 일탈
나는 표리가 부동한 열 받은 팝콘이다

첫눈

십 년 만에 한 자가 넘는 눈이 내린다
지난 기억들이 흰 눈과 어둠으로 묻힐
흰 눈 속의 어둠은 또 얼마나 깊은지
오늘 내리는 이 밤
우리 모두 깨어나 그 짙은 눈 속에 묻힐
기억들을 바라다보자
지난 십 년 동안의 내 삶의 변혁을 선동했던
얼마나 아름다운 흰 눈 속의 어둠인가
오 오
오늘 눈 내리는 이 밤은

전투기와 여치

팀스프리트 한미합동 군사훈련에
징발된 전투기의 굉음이 한낮동안 어질러 놓은
먹구름
길게 내뿜는 불기둥을 어둔 하늘에 묻으며
사라진 마지막 전투비행기는
적막을 온 하늘에 펼쳐 버렸다.
그것은 고요가 아니다.
치르르 여치 울음이
환청으로
낮 동안 어질러 놓은 비행기 굉음자리에
그 오선지에 불규칙한 여치울음 소리가
4분음표 2분음표 반음표처럼
거꾸로 줄타기하고 있다.
앞서가는 여치울음보다 먼저 달려가는
강압적인 명령음
나도 밤이면 여치 같은 그리움을 노래할 줄도
아는데…….

분할

미래의 신도시 건설을 도모하는
공격 게릴라
학교 교정에 새로 난 길과 고층빌딩은
측량 실습하는 학생들의 한쪽 눈에서
시작된다.
어느 날 그도 모르게 달라진
그가 살던 마을의 낯 섬은
왼쪽 눈에서 시작된다.
오른쪽 눈에서 시작된다.
이 거대한 땅이 미분되고 그 땅 아래
쥐구멍 속에 틀어 앉아 찍찍거리는 쥐들의
삶도 분할된다.
건축과 측량 실습 결과
봄이면 낯선 외지인들이 몰려들고
또 내지인이 되었던 이들이
낯선 집을 찾아 나선다.
그래서 대학은 늘 썰물과 밀물의
푯대에 붉은 X자 선이 그어진다.
확실한 원리로부터 도출된 연역체계
문맥 밖에 거주하는

캔버스 위의 사물들의 형태와 색깔
갑자기 외출을 시도하는 그림 속의 사물.
모든 차이는 과정에 있다.
고향은 늘 타향처럼 낯설다.
거미줄 같은 경계 위에서 우리의 삶은
분할된다.
트레싱지에 그어진 선들은
하늘로 흐르는 폭포의 경계이다.

이론은 잿빛이다, 동무여

기억이 지워져 버린
등 뒤엔 늘
기억 속에 가물거리며
떠 있는 섬.
때론
내 어깨에 비스듬히 기댔던
외로운 섬.
은빛 파도의 비늘은 갈매기 되어
몇 년을 숨어
그늘이 된 남해 기슭에
다시 되살아난다.
그 바다는 언제나 어린이의 발자국으로 오는
초록빛으로 있다.

눈이 내리는 날

십년 만에 한자가 넘는 눈이 내린다
십년 만에 한자가 넘는 눈이 내린다
십년 만에 한자가 넘는 눈이 내린다
십년 만에
한 십년 만에 한자나 되는 눈이 내린다.

Stat rosa nomine, nomina nuda tenemus

산다는 것이 얼마나 헐렁한가?
그 헐렁한 공간을 메우다가
그래도 틈이 나면 고독해지거나
또는 공란으로 유혹된다.
지난날의 찬란했던 그 장미는
이제 그 이름뿐
우리에게 남는 것은 그저 덧없는
흔적뿐.
공란에서 공란으로 이어져 오는
신비한 고독
그 뿌리에 묶여 사는 사람들.

삼랑진 역에서

인적이 많지 않는
삼랑진 역사를 내팽개치고
기차가 달아난 빈자리에는
시간의 이면이 겹쳐진 필름처럼 흐려졌다.
낙동강에는 오리 떼들이 겨울의 한기를 밀어내고
터널을 지나며 멱살 잡던 어둠을 벗어난
삼랑진 역사에는
하늘을 지탱해 주는 앙상한
미루나무, 프라타나스, 물푸레 빈 가지는
붉스레 일어서려는 먼 산들을 흔들고 있고
담쟁이 마른 넝쿨이
일제 때 만든 수조탑을 맹렬하게 허리를 조이는
삼랑진역에는
시인 엄국현의 청소년 시절이 널브러져 있다.
두 손이 모아지지 않는
삼랑진 하늘은
도나텔로의 막달라마리아가 서성거리다
지난 겨울의 혹한을 비켜서고
황사로 뒤덮인 두 가지의 시간들이
겹쳐지고

수조탑 허리를 죄던 마른 넝쿨은
방금 역 구내를 통과한
열차를 깨뜨려진 시간을 향하여
끌어당기고 있다.

어린 시절 체벌 받았던 기억

푸른 하늘이
겨울의 기울기로 이 땅에 드리워지고
착시 현상으로
달빛이 유난히 크게 보였던

그날
나는 거대한 집
구석진 골방에
벌을 선 압박감으로
창 너머 보이는
달빛의 크기
변화하던 모습은
기울어져 가는 푸른 하늘일 뿐

손을 위로 치켜들고
기울어져 가는 푸른 하늘 곁에
우두커니 혼자서
늘 비켜서듯
나는 텅 빈 가교사 건물 창문 너머
바라다보며

가리고 싶은 치부를
훤히 들어 내 보이는
광기 어린 발악의 보상을 받고 있다.

사족

그토록 견고한 이론을 향해
쏘아 올리던 처용의 말들
마침 시간조차 지워버리며 쌓아올리던
김춘수 저 『시형태론』
바람든 겨울 무처럼
알싹한 감미는 차차 지워지고

겨울 천사는
석양 무렵 썰매를 끌며 다가온다
비표 상자 같던 그의 시론은
б ё ж Ф ю я
기표가 기의를 무너뜨리며
제 혼자 죽음으로 가는
비단뱀은 그래도
발도 없고 발자국도 없는
외로운 멀어짐이다.

맥향 화랑에서
김춘수 시인의 시화전이 끝나고
주막집 안주인은 열심히
사진 셔터를 눌러댄다.

고운사의 우화루

비가 오면
왜 멀리 스쳐 가는 기차소리가 가까이 들리는지
먼 곳 그리움이
소리처럼 가까이 다가선다.

내일이면
다시는 들리지 않을 생리현상
우화루(羽化樓) 혹은 우화루(雨花樓)
구조의 안과 밖을
구획하는 스님이
비와 함께 가까이 다가와
길을 이끈 곳은 고운사
긴 회랑에 기대선 적막감이다.
우화루(羽化樓)면 어떻고 우화루(雨花樓)면 어떨까.

비가 오는 날

먼 기적소리에 멍멍하게
묻어있는 빗줄기
그 사이로 멀어져 가는
천왕성
향해 달려가는 연록빛 음성

숨죽이고 있던
나무잎새는 금방
생기가 돋아 오르고
나뭇가지와 잎새 사이로
날아가는 새 한 마리
머얼리
구름 속으로 날아가
중생대의 화석이 된다.

출렁거리는
별빛은 곁에 두고
견고하고 근엄한 모습으로
비스듬히 기울어져
내리는 비틀거리는 빗줄기를 바라본다.

묻어오는
생명의 소리
비는 계속 내린다.

끝없는 이별

새로운 세상으로 열리는 언어의
그 신비한 창고의 열쇠를
다시는 교신할 수 없는
은하계로 멀어져 간
그녀가 가져 간 뒤에는
늘
떨어진 낙엽 바람 따라 쏠려 다닌다.

냉냉한 아침 햇살 한 점
반짝이다 하늘로 올라가
다시는 되돌아 올 수 없는 그런
길로 들어선 인연들을 생각해 본다.

밤이면 고요히 별빛이 되어
이 땅에 그리움으로 잠시 내려올 뿐
거미줄 인연의 오라로 묶은
온갖 관계들
떠돌이 되어
은하계로 간 인연들 어찌
그립지 않을까마는

우리는 끊임없이
자꾸 교신할 수 없는 거리로 멀어져 가고 있다.
늘
떨어진 낙엽 바람 따라 쏠려 다닐 뿐이다.

새는 비난받지 않는다

세상에서
사람들은 신화를 지어내고
뜻을 만들어
환상을 통해
사물을 만난다.

세상에서
사람들은 말로 사물을 그려내고
뜻을 만들며
사물을 통해
환상을 본다.
사람들의 뜻이
사물과 얼마나 다른 지도 모르고
침에 젖은 사물을 꺼꾸러뜨리려 하는가?

뜻을 만들지 않으면서
사랑을 나눌 줄 아는
자유의 징표, 나른 새여

새는 비난받지 않는다.

반복되지 않는 의미는
자유일 뿐이다.

아름다운 날들 되세요

살아가는 것이 늘 숨차 보이고
슬프지 않아도 될 일에 곧잘 슬퍼하던
여자가
소식도 없이 한국을 떠나간 후
목놓고 울고픈 마음을 다스리느라고 아무도 만나지
못하고 파도처럼
난파선처럼 밀려가 닿은
밴쿠버 아일랜드의 나나이모
말없이 떠날 일이 가장 자유로우리라.
나는 그대를 믿고
이제 세계의 끄트머리에 서 있습니다.
재작년에 호주 브리스베인 바닷가를 거닐며
태평양 건너 끝없는 바다를 보면 우주 속에 모래알 같은
스스로 누구인지 참 많이 생각했습니다.
그녀가 보내온 편지에
"아름다운 날들 되세요."라는 그 허망한 말.

작은 언어 바구니들

평범한 시민들이 바라다 볼 수 있는
작은 사물들이
그렇게 가까이 있을 때
기대서 지탱해 줄
비유와 은유는 나에게
삶이 거짓이 되지 않도록 해 준
전부였다.

사물의 건너편에 버틴
언어와의 무한 공간을 이어 줄
원심력과 구심력
그 비좁은 틈새에서 나는 살고 있다.
끊임없이 거짓 껍질을 벗어내는
사물 속에
잠들어 있는 내밀한 언어.

세로쓰기에서 가로쓰기로
우리의 언어는
세계의 가장자리에 놓인
그 작은 시어의 바구니에

그들의 무게만큼 드리워질
평범한 시민들이 엿들을 수 있는
사물의 본질을 주워 담는다.

지난밤 꿈에

영천 북안 낮은 산마루에
홀로 잠들어 있는
내 어머니 무덤에 대하여 이야기하러
이슬에 고개 숙인 풀 섶 헤치며
찾아간 곳은
석석 갈대 상처받은
웃음소리
꺽꺽 울리는
그녀의 비석에 이름도 이제 거의 지워지고

무릎 꿇고 눈을 감고
땅 밑 그 깊은 어둠 속으로
파고 기어 들어가
텅 빔을 붙들고
그녀의 흰 치골에 얼굴을 맞대 본다.

지난 밤 꿈에
그녀는 지난날 거주하던 낡은 옛집에서
날더러 밥이나 한술 먹고 가라고
그렇게나 애절한 손짓을……

관습

사람들은 사물의 그늘을 보려고
또 하나의 불확실한 텍스트를 건설한다
한 가지 더 덧붙은 일탈된 언어
한 가지 더 멀어진 사물의 본질

관자놀이 찡찡 울리는
조간신문을 읽으며
열심히 힘을 주는 아침
변소에서 인생은 시작된다.

저녁노을 바라보면서
여전히 무심하게
칼질을 하며 요리를 하는
부엌에서 인생은 존속된다.

폭죽 밤하늘 불꽃처럼
아름답던 언어가 흩어진 잠자리
이불 속에는 아무 것도 존재하지 않는다.

바닷가 유곽에서

—김복연 시인에게 보내는 변주

그녀가 찾아간 이모집은
동해 바다 곁 붉은 전등빛으로 치장된
선창가 유곽
빈방 가득 찬
어둠을 내몰고
붉은 백열등 빛에 절은 지폐와 맞바꾸는
풀썩거리는 어둠은
가파른 기울기로 동해 바다에 서 있다.
2층 마지막 다락방 월세 든
허 씨의 골 깊은 기침 소리
멍멍하게 울리는
그녀가 찾아간 이모집은
늘 짭쪼름한 바닷물에 붉게 절은
이불이 널브러져 있다.
잠에서 깨어나면
서녘바다가 세로로 서 있다.
그리고 그녀는
늘 길 떠난 여행객처럼 외롭다.

메콩강, 하노이

아름다운 인어가 살고 있다던
메콩강 강가
뜨거운 태양 아래
베트콩을 향해 화염을 내뱉던
미제 탱크가
고철이 되어 구겨져 있다.

미 장교가 사랑하던
메콩강 인어는 허드슨 강가로 옮아 간 뒤
숨찬 자유의 그늘에 가린
슬픈 사랑

그늘진 강변에 번져 오는 그리움은
축포 또는 휴지 같이 구겨진 돈지갑

이젠 자유로울 꺼다
인어가 숨쉬던 메콩강에 다시
깃든 평온한 자본주의도 사회주의도
아닌 그냥 그 모습
아직 메콩강 가에

무심한 사람들의 눈발에 밟힌
버려진 미제 탱크의 붉은 핏빛은
강물에 풀어져 내리고

성 쥬네

인분같은 신성함을 노래하거나
난해한 철학사의 흔적들을 핥아먹도록
왜 강요하는가?
썩어 문드러지는
사람의 동네
숨막힐 듯한 폭력과 조롱이
역사 한가운데 서서 자리를 내줄 줄 모르는
유린 받은 상처를
바라다보고만 있는 자폐아

금욕주의자와 같은
도덕 경전의 고뇌로 여윈 그대
지금보다 더 나은 사회가 올 수 있다는
보장 없는
이 부자연스러운 모습으로
위선을 엄폐하며

인분같은 신성함으로 노래하며
기도를 올린다.

시작(始作)

현기증 나는 색깔
7월 긴 가뭄의 빛으로
저물어 가던 서녘 하늘에
잿빛 바람이 불어오고
갑자기 쿵쾅거리더니
어두운 하늘 그 사이
한 자락의 구름은
먼 곳 사람들
인연의 오라처럼
헝클어져 서서히 일어서다가
산자락의 끝에 이어져 있고
번개처럼 수직으로 일어서 있는
거리의 가로수
어두운 빛깔을 일으켜 세우는
사라져 가는 천둥과 번개 소리
마른번개 빛처럼
끝없이 달려온 자리가 매양
그 자리이지만
졸리던 가뭄의 끝이 보이며
우기로 젖어드는

서녘 저녁노을은
말라버린 실핏줄 같은 다섯 발가락에
다가서는 따뜻한
온기이다 이것은 다시 찾아오는
시작이다
비가 후둑거리는 소리를 들으며
나는 잠들었어요

순간의 겨울 밤풍경

옥타비오 파스가
손전등 불빛으로
하늘을 반짝 비추니
푸른 겨울 하늘에 자리 틀던
별들이 눈발되어
총총히
이 땅에 흩어져 내린다

대기층을 지나
온갖 색상으로
제 모습으로 자리를 차지하다가
이 땅의 하얀 밤공기로
푸석푸석 타오르는 낙엽 연기로
되돌아가지 못하는
풍경 너머로 향하는
무한한 시간의 파편이 된다

아내와 의자

아내는 닫혀진 역사다
우리가 또는 아내가
입고 있는 옷을 벗어내고
또 벗어내면
이미 목둘레가 희디흰 여녀인은
어디로 가고 없다
단지 옷을 입고 있는
닫힌 시간만이
그 여인은 나의 아내다

정갈한 식탁 의자는 열려진 역사다
의자라는 이름은
내가 또는 우리가
의자라고 부르지 않았을 때는
견고한 의자는
인도네시아 열대림
야자수 그늘을 달리는 기차가 된다
단지 닫힌 시간에만
그것은 나의 의자다

나의 아내와 의자는
부동하는 시간 위에
때로는
아내이기를 혹은 의자이기를
거부한다

정원

내가 어릴 때 자라던 집 정원에는
채송화 분꽃 맨드라미 해바라기가
몸 부대끼며 살더니
언제부터
사루비아 꽃이 자지러지듯
지난 시절 친숙했던
꽃들이 서 있던 자리에
빼곡 빼곡 서 있다
그 다음은
서울로 울산으로 대구로 안동으로
짐차처럼 삶을 실어 옮기며 사느라
지난 날 내가 자란 집의
정원에 대한 기억이 없어졌다

이제 보니
코스모스만은 줄기차게
집 앞 골목 어귀를 지켜 서 있다
바보처럼 봄에도 꽃을 터뜨리며
채송화 분꽃이 자라던
정원의 흙은

철저하게
연약한 꽃은 자랄 수 없도록
변해버렸다

지하철

완만하던 시간의
가파른 기울기가
청춘을 벗어나서는 시퍼런 동굴에
이어져 있다

다시 찾지 못할
눈빛들이
불을 밝힌 그늘 속에서
전철 창문에 액자처럼 박혀
손살처럼 휙휙 지나간다

내리막을 그리는 시간의 기울기는
지난날 애틋했던
감정마저
철거덕거리는 전철 소음 속으로 빨려들고

참으로 건조한
사람들의 삶은
미궁같은 지하도로 휙휙 빨려들 뿐
자신의 가슴속에 남아 있는
체온도 모를 뿐이다

『활과 리라』를 읽으며

내 생명을 훼손하며
스탠드 불빛이 창문 밖 어둠을 갉아먹는
외로움을
책갈피 속의 울렁거리는 지식을
피로에 붉은 파도가 출렁거리는
망막으로 긁어대며
연주를 한다

내 생명의 불빛이
창문 밖 어스름의 기적처럼
달아나지 못하고 애절하게도
몸 속 깊숙이 손을 꽂는다

책을 읽으며
밤과 바꾸는 죽음 곁에서
슬퍼할 겨를도 없이
망막을 긁어내리는
책갈피는
선연한 선혈을 흘리며
내 살 속 깊은 곳에 손을 꽂는다

살아 있음의 덧없음을
쉬 잊어버리는 지난 옛일들처럼
어디 있는지 찾을 수 없는 지식이라는 것
영원한 것은 오로지 이 땅의
사물을 통해 빛날 뿐

바람에 밀려가는 새가 되리

사람 머리 위에서 내려다보는
이 땅의 모습은 어떨까
정연하게 줄지어 이사 가는
개미들의 행렬을
무심히 발길로 흩어 버린 대오(隊伍)
밟아 죽여버리기도 하는
힘을 가진 자의 폭력

이 땅의 모습을 하늘에서
날아가며 바라다 볼 수 있는
바람을 가로지르며 나는
새가 되고 싶다

수천 킬로를 순식간에 끌어당길 수 있는
미사일처럼 바다 속으로 가라앉아
죽은 자의 원혼이 물나우리처럼 번지는
애틀랜타 겁게 상처받은 바다를
내려다보며
바람에 떠밀리며 나는
새가 되고 싶다

혹은 월맹 열대림
우수의 안개같이 가라앉는
디디티 고엽제를 맞으며
상처받은 생명의 길이가
고사리같이 오그라드는
깊이 없는 버려진 이 땅을
내려다보며
바람에 떠밀리며 나는
새가 되고 싶다

저녁놀이 걸터앉은 21세기 세계지도
명암이 번져 가는 인류의 상처를
바람에 밀리며 바라다 볼 수 있는
한 마리 새가 되리

가슬갑사

호거산(虎距山) 자락은 아직 어둠인데
이른 아침 안개는
노래하며
그 가슴에 안긴 굴뚝엔 연기 피어오른다
소나무 굴참나무가지에 날카롭게 닿는
햇살도 유쾌하며
산에 어우러진 기운은
명랑한데
두려움 없이 일찍 깨어난 산새들은
하늘을 치솟아 오르고

계곡에서 미끄럼질하며
내려오는 범종소리 그 위로
퍼져오는 여래상은 금빛으로 비치고
그 오묘한 빛의 유희
산골짜기를 흐르는 개울의 지류도
바꾸고
태어나 늙고 병들고 죽음에 이르기까지
한없이 넓은 예지가 은밀하여

땅과 대기를 오가듯
내가 살아온 것은
방황한 축제같은 시간임을 말해주고
지식의 아름다움은 꽃망울의 유혹임을
일러주고 있다

시인의 담배연기
—그림 그리는 이수동에게

포항에서 우연하게 만난
그는 리얼리스트 화가
그의 그림에 등장하는 사람은
외소하고 또 조그맣다.

그가
이 세상의 사물을 바라보는
눈높이는 늘 땅바닥에서다
나무가 있고 달이 있고 구름이 있고
사람이 있다

항상 달을 사람보다 크게 그리며
나무를 사람보다 크게 그리고
구름을 사람보다 크게 그리는
참으로 속일 줄 모르는
진실한 리얼리스트이다

시인의 담배 연기에
시인의 고독과 외로움을
채색으로 묻혀 그려 낼 줄 아는

이 시대에 보기 드문
솔직한 리얼리스트이다

참 오랜만에 내 눈의 착시 현상을
교정해 준
포항에서 우연히 만난 그는
그림 그리는 사내

나의 사랑은 식민지로다

나의 싸움은 운명적인 사랑이 쓸어간
운명 없는 생활이며
내 삶의 국토
산맥과 들판이 눈물의 골창을 이루어
사람들이 걷지 않는 절망의 길에
조용한 물길을 만들어
어떤 이별의 노래도 없이
시간의 항아리는 나를 밀폐하고
내가 닿을 수 없는 침묵으로 멀어졌다

시를 갈겨놓고
그것도 모자라
눈물 펑펑 쏟아놓다가 그것도 모자라
미안하다고 말하다가
미안하여 또 운다

먹구름 속에 잠긴 태양을 이곳에 옮겨
떨지 않고 겸허하게 자기 집을
찾아가는 지혜를 얻지 못하는
나의 사랑은 식민지로다

그리움

옛날 수첩 속에서
오랫동안 잊고 지냈던
이에게 달려간다
착신 음에 달려온 낯선 목소리
어둠이 곧 드리워질
시가지를 내려다보며
세월 지났는지 모르고
살아온 자신을 되돌아본다
그리운 이들이 왜 이렇게
한꺼번에 몰려오는 것일까
봄이 솔숲 건너 달려오고 있다

남해금산

남해대교의 주톳빛 다리가
돋보이는 것은
잠에 취한 바닷가 있음으로
더욱 길어 보이고
다리 난간에 기대 서 보면
멀리 떠 있는 섬들이 있어
아름다워 보일까
잿빛 하늘이 드리워진 바닷가
일구어내는
한려수도의 잔잔한 밭이랑 사이로
씨앗을 뿌리는 외로운 배들이
통통통
어디로 가는 걸까
까만 연기만 퐁퐁 뿜어내고
나로부터 자꾸 멀어지는 것은

여수기행

허전한 마음으로 먼 길을 떠나
전혀 낯선 전라도 여수
내 손아귀에 쥐어질 듯한 꽃신 하나
그 언저리에 새겨진 꽃잎무늬
활짝 핀 남해고속도로 지나
넓게 확 트인 바다를 향하면서
"깊어가는 가을밤에 낯설은 타향에…"
콧노래를 부르다
다 속절없음을 알면서도
오동도 앞바다에 질펀하게
널려 있는 사람들의 땟자욱을 만나며
바닷가 돌 틈 사이에서
한 잔의 소주잔을 기울이며
참으로 창백하고 거친
삶의 흔적들과 만난다
순천과 여수와 광양으로 확 트인
삼각지에 높다랗게 서 있는
뉴코아 백화점 안을 기웃거리며
여기도 서울인가?
디스카레이트로 낙하하는

창밖에 흔들리는 불빛은 참으로
순하디 순한 사람들의
눈빛이더라

청주로 떠나는 고속터미널

찢어질 듯한 봄볕
청주로 가는 고속터미널에서
전화 한 통을 걸고
자판기 커피 한잔 마시며
터지는 라일락 향기
번지는
터미널 앞 잔디에 앉아
군인 아저씨와 헤어지며
안타까워하는
눈이 유난히 깨끗한
여대생인 듯한 처녀가
돌아서 우는 울음을 바라다본다
저 눈물 줄기같이
빗발 센 봄비가
이 하늘 가득
내렸으면 하는 바람으로
무작정 차표를 끊어
잠에 취해 내린 곳은
어디인가?

유천강가에서

청도에서 밀양으로 가는 갈림길 목
티없이 맑은 강가에서
나는 하늘을 만났다
어린아이들이 지나가고
경운기가 지나가도
자취 없이 흘러가는
저 강줄기 돌밭사이로
말없이 떠오르는 침묵을 만났다
붉은 핏빛이 강 언저리에 번질 무렵
전 속력으로 유천강가를 질주하면서
어린아이가 지나가고
경운기가 지나가는
유천강가에
나는 혼자 서 있음을 깨달았다

들꽃마을

구절양장 같은 고령군 들꽃마을
다가설수록 자꾸 멀어지듯
마을에는 들꽃 같은 사람들이
민들레 씨방에 앉아 날아다니며
꽃술 따서 밥 해 먹고
동두께미 밥솥에
풀잎 따서 찬 만들고
머리엔 초롱꽃 꽂고 천사같이 살 것 같아

적이나 한 시간 달리니
사람들이 저려 밟고 간 밭두렁엔
하늘만한 수박이
단기를 뿜어내며 여기저기 누워 있다

거름밭에 돌아서서 참았던 오줌을 누고
돌아보니
농약 맞은 수박들은
살 오른 애인의 뽈처럼 탱글탱글
영글고

농약 뿌리는 아저씨 어깨 넘어
구죽죽한 낙동강물은
들꽃마을 안고 흐르고 있다

거대한 집을 지으며

우리는 지난 기억을 기쁨으로 지워버렸다.
5·18의 고비를 넘기고
보스니아 내전이 뉴스를 장악하고
시내 곳곳에 최루탄이 꽃을 피우고
헝클어진 긴 머리에
덧옷을 걸친 젊은이들
겁먹은 눈빛으로 골목으로 달아날 때

대패질과 구멍을 뚫고 못을 박고
미장이들은 지난 추억을 벽에
쳐 발라
다시 거대한 집을 세웠다.

우리는 다시 초원 끝에 모였다.
5·18은 지나가고 머리는 짧아지고
산업체 구조조정 속에서
노동자들은 변호사가 되기 위해
대학도서관으로 몰려갔다.

정당은 거짓과 위선으로

대패로 들보를 다듬고
골텐 지붕을 이으려 나사를 조이고
꾸밈없는 사물을 재생하는
거대한 집들이 지어지자

사람들은 그 안을
꽃과 전쟁으로 채우며
문을 닫는다.
철이 든 새처럼

다가 갈수록 자꾸 멀어져 가는

닫친 거대한 집

곰팡이가 푸석푸석 일어나
토설처럼 내뱉어야 하는
운명의 푸른 바다가 기울어져
눈에 선 핏발 같은 서녘하늘이 유난히 깊다
옹달샘에 끈이 기다란
두레박을 드리운다.
슬픔이 출렁거리며 넘칠
마당 한 가운데
내 심연만큼 깊은 우물이 있던
거대한 집에
다가갈수록 자꾸 멀어져 가는
또 하나의 긴 비애
사람들이 다 비켜 서 있는
그곳은 늘 그늘져 있었고
푸석푸석 피어오른 곰팡이는
늘 큰기침으로 다시 일어선다.
유난히 깊어 보이는 우물이
마당 한켠에 지키고 서 있던
추억의 거대한 집을
이제 나선다.
집을 떠나는 철이 든 새들처럼

거대한 집을 나서며

나의 뼈와 살 그리고 적절한 중량의
모든 것을 키워낸
지붕도 담벼락도
산성비와 세월의 흐름에
삭아 내리고
뒤틀리고 틈 사이가 점점 커져 가는
기둥과 벽
둥지를 벗어난 새처럼
거대한 집을 나서며
웬지 허전함이 두텁게 깔린
먼지에 대한 그리움으로
자라온 집을 나선다
전혀 새로운 세계가 없음을
이미 예측했더라도
애벌레가 허물을 벗어내듯
꼼지락거리며 빈집을 나선다
한 발자국 한 발자국
걸어야 할 길은
갑자기 열어젖힌
다락방 어둠의 동굴

그 속에 퍼렇게 질린 생선 뼈다귀에
살아 움직이는 인불의 세계로
이젠 조용히 낡은 대문을 닫고
미지의 세계로 나선다

거대한 집

방과 방을 잇는 마루와
그 위로 지나가는 들보가 있는 공간
밑으로 가라앉아 있는
일상의 뒤얽힌 미로의 길이 존재한다.
산성비에 허물어져 뒤로 물러나 있는 골목길은
유곽과 연결되어 있고
관청으로 가는 길로도 열려 있다.
토종 된장 냄새와
닭 튀김한 마가린 냄새가
내 가족과 도시의 외디푸스적 권력으로
어느덧
공간이 구조화된다.
그 황량한 콘크리트의 넓은 바다
한가운데 나의 집이 서 있다.

M. Basquiate의 집

닥쳐올 죽음의 필연성을
해독 불가능한 기호로 채워진
신화, 균열된 바야스키(Basquiate) 집 벽면에
자유
열망은 철조망 같은
이빨 사이를 비집고 새어 나오는 비명
"God we trust."
언제나 되돌아갈
쓸쓸한 준비가 되어 있지만
신성은 완벽하게
이해하지 못하는
문명이 내버려놓은 이승의 떠돌이.

낡았으나 정겨웠던 옛집

나이가 차츰 들면서
세상으로 난 자신의 창을 하나, 둘
닫아걸고 있다.

사방으로 트인 창문 넘어
열정적으로 관여하고자 했던
골목길 안
이웃의 이야기를 통해 확인되던
낡았으니 정겨웠던
옛집에 대한 기억의 파편들

서성거리다가
겨우 외로움이라는 통로로 난
단 한 개의 길만을 선택해
문을 굳게 닫아건다.

이것이 또 하나의 출발을 향한
자유이자
숨구멍 난 책임에 대한 포기인가
해독 불가능한 메시지가 도달하는

우편함의 분노

쾅쾅쾅

몸짓을 한다.

나의 거대한 집에 대한 연민

나의 집은 아무리 구죽죽해도 그립다.
고층 도서관으로 오르는 엘리베이터 안에서
연탄불에 앵미리를 구워 먹으며
동솥 물을 연탄구덕에 쏟아
뜨거운 물에 얼굴 데였던
우울한 시대의 잿빛 그늘을
생각한다.

이 세상에 안 씹히는 게 없다

누군가는 잊어버린 것이 많다고도 하고 어떤 이는 얻은 것이 많다고 하고 어떤 년은 이 세상에 올 때부터 잊어버린 것밖에 없다고 한다. 누군가는 백화점에서 고급향수 가게 앞에 서성이고 어떤 이는 남대문 시장판에서 좌판에서 발을 굴리며 박수치는데 정신이 없고 어떤 년은 장성 같은 사내 곁에 누워 좆 만지면서 유혹한다. 그래도 계단의 높낮이는 변하지 않는다.

무대 위에서 사람 사는 세상을 카피하고 역사책에는 흐르는 시간을 카피하고 도화지 위에서 아름다움을 카피한다. 교회에서는 하나님의 복음을 카피하여 천당으로 오르려 하고 구산선문에서는 이승을 뛰어넘는 연습을 하고 우주선을 타고 달라진 시간 세계를 방문하고 섹스하면서 잊혀진 애인을 카피한다.

잘난 놈, 못난 놈, 사람들의 높낮이는 변하지 않지만 그래서 이제 시간이 배반하기 시작했다. 사기친 돈으로 11조 엄보돈 내고 섹스하면서 껌을 씹는다. 시간을 씹는다. 그림자 같은 역사를 씹는다. 시간도 씹는다. 이 세상에 안 씹히는 게 없다.

텅빈 집

그 집은 상징의 집이 아니라
실존의 집
이젠 텅 빈
아무것도 남지 않은
꿈이 소록소록 피어 내리는 눈발 사이로
희끗희끗 보이는 기억의 끝난 자락
부끄러움 같은
계란 후라이를 도시락에 엎어 주던
그리운 이
당신은 상징적인 집이 아니었어요
기억의 찬란한 어둠이
가리개 없이 가려진 텅 빈 집.
그 집에서 바라다보는 비스듬한 하늘
당신은
천국을 추구하는 타락한
신들이 살았던 집의 안주인이었어요.

축제의 날

늘 우연함이 공존하던
내가 살던 집에는
가끔 아름다운 꿈들이
홀씨 씨방처럼 풀어져 흩어지는
축제의 날도 있었다.
백열구 전등불 아래서
노래를 부른다.

그 서늘한 윗목에
머리를 낮추고
지도처럼 조각조각 갈라진 방바닥
밥알을 짓이겨 그 틈새를 메우며
밀려드는 일산화탄소 십구공탄 가스를
몸으로 손바닥으로 막노라면
늘 붉은 아침은 다시 찾아오고
그래도 사랑하는 형제들이 있어
늘 아름다운 축제

적멸보궁(寂滅寶宮)

객혈을 토하면서 선연한 피를 뿜으며 외칠만한 조국이나 민족이라
도 있으면 좋겠다. 혁명이 아닌 데모라도 있던 시절에는 썰렁한 시가지
저녁 풍경에는 항상 두 패거리가 수작을 부리며 즐겁게 한국사를
메꾸어 갔다.

봉건왕조와 사회주의를 깨부순 민주주의가 늙은 바람이 되면 돌멩
이가 날고 최루탄이 무늬를 놓을 하늘도 없는 미명의 불안이 적멸보궁
열려진 문살을 넘어 속수리나무 가지에 술렁인다.

역사는 늘 길바닥에 박혀 있는 돌뿌리. 늙은 창녀 같은 민주주의는
우리의 말문을 막아서서 밤하늘 뒤틀어대는 다탄두 방어용 포탄처럼
또는 바삐 타닥거리는 타이프라이터 소음처럼 현대사의 빈칸을 채워
들어간다.

아마도 한국에 찾아온 신자유주의는 어느 고요한 나그네 머무는
산사 적멸보궁에 들어서서 실내의 어둠과 매캐한 나무 썩어 들어가는
냄새에 묻어 젖은 모습으로 혹은 한 여름 햇살에 익어 가는 푸줏간에
매달린 쇠고기 덩어리처럼 역사의 땅속으로 잠 드리라.

변하지 않는 세월

맏조카놈이 미국 이민 떠나
질녀는 유시아이에서 경제학을 전공하고
세 발 자전거놀이 하다
다친 손주 무릎을 쓸어내리며
안타까워하시던 거대한 어머니는
세상을 떠나셨고
내가 그놈들처럼 어렸을 때
벽을 기어오르며
하늘을 나는 꿈을 키웠던
그 집의 방은 조금씩 허물어지고
어디서 날아왔는지
오동나무가 커다란 잎사귀를
가린 그 넓디넓은 마당에서
눈장난하다가
엉겨붙어 싸움질하던
그 자리에 아직 그대로이다.

제 **4** 편 헬리콥터와 새

알리바바와 사십인의 도둑

난파 직전의 배에 올라
희롱당하는 인간들의 영혼은
어둠을 헤쳐 내는 핏빛 비가 된다.
유프라테스 강 물길 흐름은
미제 탱크가 지나간 자국 따라
여러 차례 바뀌고
광기 속에서 씌어지는
그들의 역사는 서녘바람이다.

광화문 서울 시청 거리엔
촛불거리로 불 밝히고
자애로운 봄밤은
집 나온 이들의 눈물 비로 다스려지고

이라크로 떠나는 파병군
하얀 이빨을 드러내며
아내와 아이에게 손을 흔든다.
그들을 실은 비행기는
새로운 역사를 쓰기 위해
핏빛으로 물든

유프라테스 강 물머리로 향한다.
선하디 선한 인류는
또 희롱당하고 있다.

열려라 참깨 동굴 속
터반 둘러 선
알리바바와 사십인의 도둑
양탄자 타고 사막을 누비던
꿈의 나라
희망의 나라

꿈 찾기 위해 신화를 죽이며
자유를 구하기 위해
생명을 바치는 피의 성전

동경만

도요새의 노래와 퍼덕이던 갯바람 냄새가 추억의 비늘구름으로 증발하고 없는 동경만 바다는 이미 바다가 아니다. 꿈이 달아난 모래알에는 이제 거친 숨소리만 남아 있을 뿐 동경만 푸른 물길에는 거대한 짐승들만 오가고 있다. 우람한 철골 구조물 레인보우 브릿지로 이어진 바다에는 갈매기나 또는 도요새 다리를 젖게 하는 군청빛 파도는 멀찌감치 달아나고 갯벌에 살던 가재들은 사람들이 숨어 있는 고층빌딩 속으로 이사를 떠난 지 오래다. 눈부신 동경만 태평양의 해안선이 맞닿는 곳에는 2차 대전 때 깨어져 밀려 든 소라껍질의 아픔만이 수런거리고 있다.

일본 자위대가 재무장을 하는 유사법안이 통과되는 날에 맞추어 한국의 대통령이 천왕(천황이 옳을까)을 만나러 왔단다.

세대교체

언어는 가장자리가 모자라지 않고
중심일수록 먼저 허물어져 내린다.
세상 만물은 외각부터 먼저 닳는데
언어는 가운데가 앞서 변하는 기표다.
먼 곳으로부터 더욱 희미한
신성의 무늬가 실핏줄처럼 뻗어있다.
풍화하는 기의와 기표
중심과 변두리 사이
어제와 오늘이 세대교체를 하는
부호가 밀려온다.
변방에 머문
사람들은 경계가 없다.
기표와 기의가 털걱거리는 마찰음
가운데가 허물어지고 있다.

그것이 살아 있다는 것이다

　내일 우리는 일터로 나가야 한다. 전철 창에 숱하게 겹쳐진 눈이 유난히 큰 일본 여인의 모습을 상상하며 아우성치는 시간의 거리를 당기며 전철에 오른다. 시로가네다이에 있는 기숙사로 되돌아가는 환희가 틀어막은 전철 통로에는 들풀이 잠잘 자리가 없다. 곰팡이와 먼지바람과 함께 밀려왔다 밀려가는 끝없는 반복이 분만하는 미끈거리는 터널 어둠이 그려내는 창에 비친 유난히 눈이 큰 여인 비스듬히 기운 집의 창문을 넘어 전철을 타고 일상의 일터로 매일 나가야 한다. 들풀 한포기 발 딛을 곳 없는 먼지와 곰팡이들과 함께 매일 출발과 도착을 함께 한다. 그것이 살아있다는 것이다.

선과 경계

닿지 않는 선은
끊임없는 경계를 만든다.
가끔 경계 너머에 있는 물상들이
옷을 벗고 제 모습을 드러낼 제
경계의 모서리가 먼저
허물어지고 있을 때다.

풀잎에 구르던 빗방울이
끊임없는 소유의 허망을 놀이터로 만든
녹색 풀잎이
지친 소나기에 더욱 푸르다.

비가 오는 것과
날씨가 개인 것과 그 차이는
일곱 가지 색의 무지개가
이편과 저편을 금방 허물기 때문이다.

환한 태양빛 아래서
시원한 가을비를 맞이하고 싶다.

자꾸 허기가 진다

어둠이 푸석푸석 마당에 떨어질 무렵
자꾸 배가 고파진다.
내 몸을 지탱하던 자양분이
수분의 평형을 깨뜨릴수록
자꾸 그리워진다.

살아가는 것만큼 힘들 일
또한 없을 것 같은데
가을비는 자기가 더 슬프다고 와서
보챈다.
나는 저녁 무렵이면
자꾸 배가 고파지는데

나는 단 한 번도
내 진실을 마음 놓고 말할 수 없어
나에게 머물러 있음이 미안한데
가을이 너무 자주 나에게 다가 온다.
그래서 나는 자꾸 허기지는 갑다.

동심과 달빛

달빛 드리운
창문 저쪽 아이들 술래잡기를 한다
19공탄 가난이
거리에 퍼져도
현실이 잠시 현실을 벗어두게 하고
아이들 주위에
달빛 조용히 멈춘다
언제 우리 다시 만날 수 있을까
회색의 거리가 푸른 하늘이고
아침 햇살은 누에 실선처럼 뿌옇게
퍼지는 안개
그 속에 티없는 술래잡기 노랫소리
다가왔다 차츰 멀어져 간다.

선(線)

소멸에 저항하는 흔적
밝음과 어둠
오늘과 내일
혹은 이승과 저승
그 모든 물상의 경계의 연속
이 세상은 선으로 둘러쳐 있다.
시간에 묶인 경계 속에
물상들의 본 모습은 결코
드러나지 않는다.

조지 포먼과 죠프레져와 무하마드 알리

"위대한 복서는 링에 기대어 즐길 줄 안다."

월남전 청룡부대 백호부대 용사들아 대구역에서 환송하며 승전의 전승의 소식이 연탄가스처럼 침범하던 시절. 조지 포먼과 죠프레져를 차례로 링 바닥에 때려누이던 나비처럼 날아서 벌처럼 쏘던 흑백텔레비전. 온 동네 아이들 마당에 끌어 모으던 시절이 있었지. 상무관 청도관에서 헝거리 복서의 꿈을 키우려 허기에 지친 아이들이 모여들었다.

소멸을 거부하는 흑백 필름에 흘러내리던 복싱 생중계 화면의 뒤편에는 메콩강을 거슬러 오르는 코부라 헬기가 고엽제를 뿌옇게 날리고 말볼 담배 껍질에 붉은 선혈이 직사게 터진 죠프레져 눈두덩이에 번지고 있었다.

중동의 혈통 무하마드 알리가 월남전 전사자 가족들에게 열렬한 위대한 미국의 꿈을 키워 주었는데 세월 지나니 알리의 꿈이 바람기가 들어 유프라테스 강에 말볼 담배 피봉의 선혈이 붉게 물들고 있더라. 지금 오만 방자한 알리는 서녘 하늘에는 가을 노을이 파도타기를 하고 있지요.

위대한 복서는 링에 기대어 즐길 줄 안다고

초코렛

균등 분할된 초코렛처럼
비슷한 감미로운 관계의 경계
누가 떼어 먹은 것인지
조각조각 떨어져 나가고
소멸에 저항하는 마지막 남은 조각
그 속에 내가 있다.
부식되는 기억의 외롭고
감미로운 나의 맛이 남아 있다.
이별에 둘러싸인 마지막
남아 있는 홀로에겐
경계가 존재하지 않는다.
시간이 지배하는 사람들의 인연이
초코렛 균등 분할선상에
맞닿아 있을 뿐

풍요제의

세월 지나도
세상은 변하지 않네.
어린 시절 올케바닥 놀이 하면서
금줄 치듯 경계선을 그어가며
땅 따먹던 놀이.

인권을 빙자하고 핵무기 탓으로
남의 나라를 침공하는 군사놀이.

어린전사들
윗동네 아래동네 사이
미루나무를 경계하여
투석 전투 계획을 꾸미며
볏 짚단 불 밝히며 전쟁놀이 하던
정월 동네 싸움
풍년을 기리는 제의.
어린 전사들의 싸움놀이
손에손에 들었던 막대대신
엠 식스틴과 미사일로 바꿔 들고
죽음으로 달려가는
풍요제의

슬픔은 면역성도 없는가 봐

슬픔은 면역성도 없는가 봐
낙엽이 떨어진 거리
비바람이 쓸고 간 뒷모습이
다시 또 눈물 송알송알 맺도록 하는 거 보면
정말 슬픔은
시도 때도 없는 주책머리인가 봐

오늘은 가을의 뒷자락이 끄는
겨울 문턱의 바람소리 땜에
그렇다고 손치더라도
장국 냄새 온 동네에 퍼지는
언덕배기 이웃집 빨랫줄에
하늘보다 뽀얀 빨래
구름장이 되어 나부끼는 것 보면
갑자기 가슴이 울컥하네.

끌음이 덕지덕지 초겨울바람에 펄럭이는
가난에 허물어져 가는 방안에
간난 아기 얼굴보다
더 뽀얀 기저귀가 펄럭이는

착하디착한 사람들이 살고 있어

또 눈물나는 거 보면
정말 나에게 슬픔은 철없는 아이인가 봐.

새와 주술

새는 신화를 실어 나른다.
이승과 저승
밝음과 어둠의 경계를 넘나들며
어둠을 안고 가서
꿈을 안고 온다.
절망을 싣고 가서
희망을 싣고 온다.
하늘을 나르고자 하는 사람의
꿈은
고대 무덤 벽화에서 탈출하려는
새들의 꿈과 같다.
언어의 주술로 사람은
비로소 하늘 나르는 인간이 된다.

세월의 눈금

눈두덩이서부터
철지난 세월이 자잘하게 부서져
금이 나 퍼져간다.
삶의 이편과 저편을 넘나들던
손등도
거북 등처럼 갈라지는
세월의 물길이 어느덧 깨뜨려진 거울
산산조각 거울이 되어
단참에 반사되는 거울 모자이크
세월이 파산한
인연의 바람소리를 담아낸다.

새들의 이야기

새들은 말없이 어둠을 흩어놓다가
잘게 부서지는 아침 햇살 속으로
솟아오른다.
한낮에는 나뭇가지 사이로 날아다니다가
사람들의 세상 이야기를 나눈다.
새가 사는 세상 사람들 사는 곳이고
새들 이야기하는 곳이
사람들 세상이다.
낮말만 물어 다니는 게
아니라 밤 말도 들으며
새들은 산다.
사람들이 산다.

바람과 이별

버리지 못할 몸을 두고
마음만 출가 시킨 것을 빌미하여
세상 탐하며
결코 한 번도 제대로 부숴버리지 못한
견고한 내성의 벽 앞에서
나만 착하다고 하는
나만 순수하다는
그 허위
그 끊임없는 변명
오류투성이의 사람들의 삶

오늘
바람 스치듯 또 한 친구
먼 길로 떠나는구나.

고해성사

번연히 알면서
세상 속으로 묻힐 줄로만 알았던
지난 시절에 저질러 놓은
죄업이 세월 조금 비켜서니
고기비늘처럼 낱낱이
날개를 일으키며
고슴도치 바늘처럼
하늘 향해 솟아올라
머릿속에 박혀 있는
기억을 쥐어 뜯어내고 있다.

새

하늘과 이 땅 사이
결 고운 공기 단층 사이를 나르는
새여
때로는 하늘 더 가까이 날다가
이 땅이 그리워지면
사람들 머리 위 더 가까이를
그 무한대의 진공 사이를 그대 나르면
바람이 인다.
그 바람이 태풍이 되기도 하고
봄 하늘 훈훈하게 불어오는
그리움도 된다.
어떻든 사람은 늘
새를 바라만 보아야 한다.
가던 새 가던 새 본다.
물 알로 가던 새
가던 새 본다.

은행잎

편지 갈피에 꽂힌 은행잎은 세월 갈수록 힘줄기가 더욱 도드라져 간다. 비바람 맞으며 생명의 활동을 멈춘 어느 날부터 한 닢의 잎사귀에는 지난 삶의 모습이 차츰 양각으로 도드라지기 시작했다. 수분이 빠져나가면서 허약한 세포가 먼저 세월의 단층 속으로 가라앉고 바람에 떨어지지 않으려 버티던 그 근육질과 한여름 밀려오던 폭풍에 버티던 인내가 손등의 핏줄처럼, 또는 문신처럼 남아 지난 시절을 이야기 해 주고 있다.

그러다 어느 날인가 먼지처럼 흩어져버릴 꿈을 옥죄어 맨 은행잎맥은 세월의 단층처럼 일어나 길을 열고 있다. 길과 길이 연이어 있지만 어딘가 끝없는 단애로 연결된 그 길에서 세월을 되돌아보고 있다.

아픔

며칠 전 칠곡 장천 수도원에서 20년쯤 알았던 시인 김 형으로부터 편지가 왔다. 옛 인연이 빚은 추억이 못내 죄스러워 자기를 용서해 달라는 뜬금없는 글이었다. 세상으로부터 지은 죄로 말하자면 몇 곱절이 더 될 내가 예수님의 성지를 순회하며 미련 없이 대학 교단도 훌쩍 떠난 용기 있는 김 시인에게 무슨 용서드릴 일이 있을까?

용서할 일도 있고 용서 받을 일도 많은 사람의 세상이 싫어 수도원 암자에서 남은 인생이나마 깨끗이 죄업을 닦을 여유도 부럽지만 경계선 이 쪽에 사는 사람들도 뭐 그리 철저한 죄인일까? 혼자서 깨끗해지려는 일 또한 이기 아닐까? 기왕 사랑을 베풀려거든 자기 혼자 죄를 씻어 혼자 마음 편안한들 뭐 그리 찬란한 일일까?

김 형 당신보다 훨씬 죄 더 많은 이놈 모가지 끌고 가면 얼마나 좋겠소. 아파도 아프다고 말하지 않는 아픔이 더욱 큰 것 아니겠소. 용서를 빌고 싶어도 빌지 못하고 세속에 버텨야 하는 비애가 더 큰 비애가 아니겠소.

새벽

찬바람 일으키며 전철이 헤쳐 가는
고층빌딩 뒷길, 술이 들깬 사나이가
지난밤의 끈적한 외로움을 털던 흔적들을
옷섶에 주렁주렁 달고
전철 반대 방향으로 걸어간다.
또각또각 하이힐을 신은 검정색 롱코트로
찬바람의 날개를 돌려 새우며
새벽어둠을 밀어내는 회색하늘 동쪽 방향으로
고층빌딩 모서리로 잠적해 버린다.
제 흔적을 지우지 못해
새벽일수록 슬퍼하는 별들이 많다.

전깃불 빛이 퍼지는 새벽하늘이 흔들릴 무렵
딸강거리는 청소차는 입김을 부옇게 내뿜으며
밤새도록 버려둔 사람들의 욕망의 찌꺼기를
차에 실고 어둠이 차차 지워지는 곳으로
숨어 버린다.
시가지 온갖 네온 불빛
하늘 향해 몸 감출 무렵
이 도시는 아무도 존재하지 않는다.

희망

내 삶 자체가 당당해보고 싶었지만
한 번도 그럴 수가 없었습니다.
늘 그늘 속에서 하고 싶은 말은 가슴에 묻어둔 체로
그냥 하늘에 쏟아지는 햇살을 맞듯이 맞으면서
세상을 조롱할 수밖에 없었지요.

이젠 지천명의 세월을 건너뛰면서
아무리 뒤돌아보아도
세월이 그냥이겠지요.
세상 물 밑 깊은 곳
그 신비한 결 고운 세상을 꼭 한 번만이라도
꿈처럼 살고 싶어요.

동심을 따라 오는 달빛

이 창문 너머 자유가 펼쳐져 있다.
위선 대신 금기와 통제가 열어준
삶의 꿈이 영글고
창문 저쪽의 아이들은 술래잡기를 한다.
가난이 19공탄 검정처럼
거리에 퍼져 현실 저쪽의 흔들림이 온다.
언제 우리 다시 만난 수 있을까
회색의 거리가 푸른 하늘을 이고
아침햇살은 누에 실선처럼 뿌옇게
퍼지는 안개
그 속에 소리가 다가선다 차츰 멀어져 간다.

돌고래의 노래

푸른 나무가 우거진 숲의 울림
나뭇가지 사이를 스치는 바람 따라
하늘 나는 새는 노래한다.
"나는 잉태를 갈구하는 창녀"
파도가 몰려다니는 푸른 바다의 노래
싱싱한 고기떼 사이로 흐르는 물결 따라
돌고래는 유영한다.

순환

누추한 내 영혼의 집처럼
점점 불길해져 가는 영혼이 가득 찬다.
슬그머니 사람들을 피해 홀로
모래집을 지으며
연신 숨 몰아 담배를 빨아 당기는 것이
생존의 유일한 이유일까
다시 더 묻지 말아라.

봄의 영혼은 다시 자랄 수 있음에 대한
큰 연민이리라
또 황사 바람이 불고
큰 비에 황토색 빗물이 휩쓸고
낙엽이 새 삶을 위해 지친 목숨
거두어 가는 날 펄펄
흰 눈이 각을 하고 내리리라.

동일성

복제된 삶과 결별하려는
외침
그것만이 내가 찾는 쾌적의 전부가 아니다.
주어진 시간 속에 신내림 같은 어쩔 수 없는 유혹,
나는 살아가며, 그 마법 같은 유혹을 즐기는 데 이미 익숙해져
있다.

오늘도 일상성 휘감긴 저녁노을이
서녘 하늘에서 저물고 있는데
마음속 숨은 말은 다리를 뒤꼬아
사물을 숨기고 있다.

늘 잠자는 사람인 내가
유희의 언어로
마치 깨어 있는 것처럼
소리 높여 시를 쓴다.

그러면서
언젠가 다시 모호하게 숨어 버릴
사물을 더듬으며

세상 어디서고
한 번은 붙들어 매인 적 없는 때 묻지 않은
바람을 쫓고 있다.
자유.

삶의 길로 가는 방식인가?
신내림같은
살아가는 유혹일 뿐이다.
일상 휘감기는 저녁노을
서둘러
말의 다리를 뒤꼬아
열어내는 언어들은
언제 다시 우리를 배신하지 않을까

겨울의 인상

겨울 어둠은 짙다.
어두운 만큼 바삐 귀가하는 자동차 불빛
현란하고

어둠과 불빛 사이
세계화 이후 요즈음은
국적 없이 떠도는 수상한
찬바람이 서둘러 밀려온다.

아이들 모두 떠나고
늪의 깊이만큼 고요하게 내려앉는
등불 아래에서

모처럼 아내와 마주 앉아
몇 마디 말없이
된장국에 밥 말아 먹는
따뜻한 저녁이 그래도 있다.

모서리에 하얀 성에가 낀
유리창에

별빛이 점점이 내려오면
문득 젊은 시절에
보았던 아내의 눈빛이
검은 비로드 천 위에
보석으로 쏟아지는 저녁이 있었다.

반역의 방식으로

이 세상에 와서 50여년 살아도
늘 낯설고 물설어
내딛는 발자국마다 어설픔이
가득 담겨 있네

저마다 색깔 지닌 살림살이
내 소견이 마다한들 바뀔 리 없지만
고집스럽게도
외통수 엇박자 놓으며

남의 문틀 내식으로 바꾸려
억지 부렸다.

목소리 높인 건 그래도
뜨거운 정 때문이라고 자위해 보지만
어느 날 문득 낯설고 물선
이 땅을 훌쩍 떠날 날 있을지 모를 일이다

그리움 두터울수록
떠날 일이 쉽지 않겠지만

허물 벗듯 훌훌 떠나는 것
우리들 몰래 다가오고 있을 것이니
예고 없이 다가오고 있을 것이니

인연

사람들로부터
벗어나는 일
사람들로부터
잊혀지는 일
외로움만이
가장 순결이라는 일
사물과 면백한
숨찬 일
내몸의 실핏줄처럼
엉켜 있는 인연
결코 벗어나지 못하는 일
살아있음

한반도의 아침은 늘 그곳에서 시작된다
―독도

선들의 교란, 황홀한 푸른빛 바다
그 외로움 지켜내는
조개처럼 일어났다 주저앉는 포말
숨찬 함성으로 비켜간 세월을 달래 온
긴 시간
미세한 선들로 세분해 온
끊임없는 역사의 한 켠에서
한반도를 지켜낸 놀라운 힘
늘 출렁거리는 소리를 그리움으로
달래고 푸른색이 일어서면
흰 파도가 눌러주고
풍랑과 함께 흰빛 바다 일어설 땐
옥빛 바다의 깊이로 다독여 온
긴 세월,
그 시간은 우리와 함께 해온 삶이었다.
반도로 향한 끝없는 희망의 반향이
춤추기 시작하는 시원이 터
그곳에서
한반도의 이른 아침은 늘 시작된다.
오늘처럼 어제도 내일도

천사의 옷을 입은 언어

언어를 통해
귀 내면에 피어 있는
희말리야시다, 흰옷을 입은
천사를 볼 수 있다.

말을 통해
눈의 내면을 들을 수 있다.
눈 속에 겨울밤 은빛 술래짠
막달라마리아 다가서는 소리를

언어를 통해
그의 입 내면에 피어오르는
물안개 신화를 그릴 수 있다.
어제와 내일 그리고 오늘이
하나로 만나게 되는

동전의 달

　그 마을 주희라는 내 또래 가시내가 난질 간 산골의 겨울밤은 더욱 깊고 높은 소리고 울고 있었다. 그날 사랑방에 모인 어른들은 아무 일도 없는 듯 한 마디의 말도 하지 않았다. 침묵만이 긴 시간을 시커멓게 메꾸었다. 소나무에 걸려있던 달은 유난히 긴 소리를 흘리는 그림자를 드리우고 있었다. 어둑한 밤하늘 더 머나 멀리 달아난 겨울밤 쩡쩡 푸른 달빛은 길게 쇠 소리를 내고 있었다. 먼 곳 개 짖는 소리가 포개어진 어둠의 속으로 번지는 옷고름 푼 달빛이 내려 쏟는 마을은 외려 두려움 같은 음산함이 솔가지에 걸려있었다.

　그 솔가지 사이로 날카롭게 빠져 달아나는 겨울바람은 달빛과 어울려 쇠 소리를 울릴 쯤 차당못 쩡쩡 얼어가는 소리가 산골 넘어 받아 또 산골 넘어 받아 넘기는 여음이 되어 들판을 달린다.

　그날 밤 나는 어둠이 한 가지 색깔이 아니라 여러 가지 색깔로 겹쳐져 있음을 어둠이 쩡쩡 우는 날이면 소나무가지에 걸렸던 달이 하늘 높이 멀리 달아난다는 사실을 알았다. 마을에 연고가 있던 겨울밤에는 산과 들판과 연못이 쩡쩡 쇠 소리를 내며 울어댄다는 것도 처음 알았다.

　독약 탄 약을 마시고 수괄이 형이 죽던 날도 그 마을의 겨울밤은 수런수런하는 무서움에 달은 멀리 달아나 파르스름한 하늘 높이 떠 있었다.

　벙어리 백이가 속고개에서 동사체로 발견되던 날도 달은 오백

원짜리 동전 만하게 쪼그라들어 있었다.
그 사실이 바로 내 개인의 신화였다.

낯선 도시사람들

남산동 달동네 골목길에
사과 궤짝에 심은 오이가 덤불을 일으켜
좁은 골목 담을 뒤덮고 있다.
그 옆에는 자총파도 심고
가지와 고추도 심어
농장을 이루고 있다
시골 농사짓던 일이 그리워서가 아니라
채소 반찬거리를 거두는 재미로
시멘트 포장 골목을 체전 밭으로
꾸민 변두리
도시민들의 사랑이 올망졸망 맺혀 있다.

요사이 여성들
배꼽을 들어 내놓는 것이 멋이라지만
이곳 사람들은 볕에 끄슬려
유난히 검은 젖가슴을 가슴 춤 밑으로
흘려내는 패션의 선구자들

한낮 태양열에 졸여드는 토장냄새가
번지는 남산동 달동네 골목길에는
늘 환한 햇살이 옴실옴실 모여 있다

영암사지에서 남명선생을 만나다

봄이 꽃빛을 흔들어 하늘에 꽃물 번지는
그 짧은 일회성의 인연들이
시간에 닳아가는
화강암 사자의 뒷다리 사이

남명선생이 칼을 차고 지나갔다
칼날 빛 꼿꼿한 벗나무 수술은
하강하는 생명의 아름다움
혹은 슬픔의 사이의 경계이다

화려했던 지난 꿈을 접은 빈터에서
먼 영겁의 시간을 드나들며 만난
조 남명 선생의 목소리가
꽃비에 묻어와 우리 삶의 일회성
그 경계를 긋고 있다

받쳐 든 석등을 던져두고
살아서 뛰쳐나올 듯한
두 마리 사자 가슴팍 사이
황사 바람이 거칠게 몰려오는

박동소리

일회성은 둘이 아니라 하나다

과식은 늘 기분을 엄청 상하게 한다

하늘을 나는 새의
뼈 속은 텅 빈 동굴이다
소슬바람도 지나가고 폭풍우도 소리를
지르며 동굴 같은 뼛속을 지나치며

헬리콥터 날개
비켜 하늘로 치솟는다.
심박동의 쿵쾅거리는 소리
서녘하늘이 유난히 붉은
장마 걷힌 칠월의 저녁노을

모처럼 가족들이 함께 모여
추어탕으로 더위를 누른다.
내 몸속에 갑자기 불어난 황톳물길이
여덟팔자로 내 머리통을 휘돌아
저 손끝 발끝 향해 거칠게 달린다.

나의 이기심으로 채워진
빈틈 하나 없는
내 몸뚱아리는 너무 무거워 날지 못한다.

과식은 늘 기분을 엄청 상하게 한다.

똥물처럼 욱신거리며 산화하는
내장 속의 음식찌꺼기 냄새
장마 걷힌 눅눅한 골방에 가득하다
나는 날지 못하는 헬리콥터이다.

비행

눈에 보이지 않는 흐르는 바람
그 틈새
하늘과 땅의 느낌을 다 만나려는
오만한 사람들
그 사이 새는 활강하며
조롱한다

사람들의 만남과 습속은
참으로 이상하다
거짓과 위선이
진실을 위장한 부정으로
무너뜨릴 수도 있는
오만으로 가득하다.

새와 달

새들은 비행기가 내놓은 항로를
막무가내로 흩어놓는다
반복되는 어둠
이 땅의 경계를 느슨하게
손을 놓을 때면
새들은 새로운 길을 내고
하늘에서 땅으로 뛰어내린다

언제 다시 새들은 노래할 수 있을까
어둠이 엷어지는 보름이 다가온다
항로를 새로 내기 위해
새는 날아야 한다
참혹하게 날개가 부서지더라도

언어는 바람이다

언어는
우리가 먹은 밥이고 피이고
똥이다.
우리가 바라본 하늘이자
바람이고 흐르는 눈물이자
바다다.
이마에 새겨진 주홍글씨다
역사를 퍼 나르는
바람이다.

한 마리의 새의 죽음

새는 낯 선 이 땅에 좀처럼
내려앉지 않았다
하늘에서 이 땅으로 어둠을
흩어뿌려
겹겹이 다른 어둠이 일어설 때만
솟대에 내려앉는다

피 냄새 얼룩진 낯설고
위험한 이 땅에
깃털처럼 내려와
하늘에 두고 온 꿈을 이젠 다 접고
길가는 사람들 발에 채인
뭉개져 썩어가는 시체

죽은 새의 날개 깃털이
이 땅의 바람을 가르며
하늘의 빛을
경계 너머로 쓸어내는
저녁이다

헬리콥터와 새

구름과 헬리콥터가 다른 속도로
하늘을 간다
그들 지나간 자리는
푸른 물결 곱게 일어
열렸다 금방 닫쳐버리는
아름다운 뭉게구름 같은 길,
그 길을 비켜 새가 날아오르고
돌팔매로 던진 돌멩이는
새의 깃털도 건들지 못하고
구름 속에 박혀
멀어져 간다

의지 없는 속도는
당신의 자유를 추락시키려는
음모
너무나 재빨리 소멸하는
비상하는 것들은 늘 슬프다

이중자아

한밤중
내 이마를 치고 지나간
바람
서로 다른 어둠의 빛깔로
여러 층으로 경계를 지우고
그 속에서 나는 가장 어두운 빛으로
스쳐 간
바람을 쫓는다
경계가 느와나무 지붕처럼 한 켜 한 켜
일어설 무렵
지난 밤
스쳐간 바람이
되돌아와 내 속으로 숨어버렸다

유두날

아침 일찍 잠든 아이들을 두고
머리에 꽂아 온 내 어머니의
바람결 같은 창포 냄새
오월의 훤한 하늘을 열면
또 무더운 여름이 닥쳐오고
녹두꽃이 떨어지고
청포 장수 울고 간
그해 여름은 또 수박처럼 붉게
서늘한 장마를 몰고
덧없이 스쳐 지나갔지
무명베 빛바랜 그 자리에
정갈하게 머리를 빗고
청포 한 대궁이 빗겨 꼽고
설 깬 이른 잠을 흔드는
신선한 창포 냄새는 올 여름 또 삼베 빛깔의
장마 몰고 와
내 집 창문 앞을 서성이겠지
유두날 고운 한복 옷매무새를 여미며
잠든 시간에 다시 피어난 밝은 빛으로
어둠의 경계를 허물어 내리던

유두날 청포 냄새는 파랑새
새야새야 파랑새야 녹두나무에 앉지 마라.

새와 뿔

새의 머리에 뿔이 돋기 시작한다.
머리가 무거우면 날지 못할 텐데.
저승에서 부쳐온
전사의 선물이라서
새는 위대한 계관을 쓰고
끊임없이 앞으로 곤두박질을 한다.
저러면 안 되는데, 저카머* 진짜 안 되는데
신이 없는 기 아니라
있는데
새의 머리에 돋은 뿔을
왕관으로 만들어
앞으로 곤두박질하거나 뒤로 나자빠지더라도
뿔이 있는 것이 좋다.

*저카머: 저렇게 말하면(경상도 사투리).

주막과 레스토랑

퇴근길에 들리는 주막엔
세월이 바뀌어도 늘 변함없이
반기는 주모가 있고
처음만나서도 쉽사리 툴툴거리며
세상을 논할 술친구도 있고
피로와 긴장을 다스리며
상상의 세계로 이끌어 주는
주기가 돋워질 무렵
파리똥이 까맣게 눌어 앉은
깜박이는 네온불빛도
조름에 겨워 불빛이 희미해져간다

격식을 갖춘 고급 레스토랑에서
이름 모를 포도주의 향내를 맡으며
근사한 친구들과 마시는
그런 술자리는 빨리 달아나고 싶다
격식에는 늘 엄숙한 위엄이
있어야 하며
별것도 아닌데 심각해져야 하는
허위의 언어에
파리똥이 까맣게 붙어있다

새가 날아와 뱃전에 머리를 부디치네

가끔 잔잔한 바람결이
허리에 와 머물다가
햇살이 다 부서져
말라버릴 시간 쯤 되면
나뭇가지가 더욱 격렬하게
한 쪽으로 쏠린다.

바람과 함께 내 등을 치는 게 있어
그것이 무엇인지
아무리 두리번거리며 살펴보아도
머리 풀고 바람에 흔들리는
나뭇가지뿐이었는데

밤이 새도록 날 걷어 찬 바람이
텅 빈 나였음을
아침이 일어설 무렵
알게 되었다.

오늘 또한 바람이 격렬하게 불어오고
나뭇가지는 한 쪽으로만
쏠리고 있다.

반복 혹은 윤회

햇볕이 얇아지는 오후 무렵이 되면
세상의 모든 물상은 수런대기 시작한다.
어제 밤 어둠에 묻어 둔 비밀스런
날개의 자락이
조금씩 생기가 돋는다.

아침에서 한낮을 건너오는 동안
잠시 잊었던
매일같이 반복되는 그리움
어둠속에서 풀려났다가 다시 죄어드는
세상은 모두 제 갈 길을
잊지 않고 되돌아간다.

그래 우리 모두 한낮동안 노역에서
풀려나 제 갈 길로 들어서는
그 순간 한 발 더
죽음 앞으로 다가서는
엄숙한 반복,
이제 겸허히 받아들여야 할
시간이 다가서고 있다.

그래서 자연은 아름다운 것이다.

내 몸 속을 흐르던 핏줄기 따라
밤과 밤사이를 수런거리며 오가는
바람이 지나가고
장마 걷힌 신천의 황톳물이 콸콸
흘러갈 것이다.

어제 밤 어둠에 묻혀 잠들었던
날개 자락이
저녁이 깊어질 무렵
조금씩 생기가 되살아난다.

사물과 언어의 불일치의 용서

복제된 삶과 결별하려는 외침
그것만이 행복으로 향하는 길이 결코 아니다.
신내림 같은 어쩔 수 없는 유혹,
나는 살아가며, 그 마법 같은
유혹을 즐기고 있을 뿐

일상성에 늘 휘감기는 저녁노을이
서둘러 지는 날
말은 다리를 뒤꼬아
사물을 숨기고 있다.

산다는 것이 그저 그런 허무 같은 것일 뿐인데
언어로 유희를 하고
즐거움이라도 있듯이
자만하고 시를 쓴다.

언제가 다시 배신할 언어를 붙들고
사물은 이 세상 어디서고
언어에게 붙들려 매인 적 없는 바람 같은
자유.

나사렛 사람들의 발자국

이 땅에서 태어나 하늘로 오르면
신이 되고
이 땅에서 태어나 이 땅으로 되돌아오면
사람이 된다.

이 땅에서 하늘로 가는 길을 열어주고
하늘에서 이 땅으로 내려서는
꿈길을 여는 새여

까마득한 원시의 신화를
오늘 우리들 가슴에 옮겨오는
자유의 화신이여

우리 가슴의 아픔을
하늘로 향해 날라다주는
경계의 영혼이여

그대 이어주는 하늘과 이 땅
이 땅과 하늘의 틈새를
열어가는 그 길에는

핍곽 받은 나사렛 사람들
발자국의 문신이 뚜렷하다

이 땅의 사람들의 피를 마시고
살을 뜯어 먹고
뼈를 발라 창촉을 만들어
숱한 원혼을 다스려
하늘로 올라 신이 되는 길이 있음을

유대 사람들, 그대는 몰랐을지라도
그대들이 있어 악이 영성으로
영성이 악으로 마구 뒤섞인
혼돈의 가닥을
하늘 나는 새가 이 땅으로 드리웠다.

우린 지금 그 고난의 길을 가고 있다.
오늘도 내일도
하늘에서 땅으로
땅에서 하늘로 이어질
나사렛 사람들의 발길을 쫓고 있다.

그녀가 오늘 또 코르셋을 벗어 던지다

그녀가
코르셋을 벗어 던지는 오늘
또 꽃비가 묻어오네요.
복제된 삶과 결별하려는 외침
그것은 행복의 길로 가는
단순한 방식 아니지만
그러나
신 내림 같은 유혹의 힘에 휘감겨버리는
일상성의 저녁노을빛
서둘러
언어의 다리를 뒤꼬아 다가서는
그녀의 발자국 소리가 보입니다.
언어의 별 자루를 어깨에 둘러맨
그녀는 우리들의 모순을
활화산처럼 쏟아내는 화신입니다.
당신은
이 삶의 치열한 현장에서
엄숙한 예외자이기를 바라죠?
결점 없는 순백의
인간이라고 자부하고 있는 건 아니죠?

품위 있는 위선으로

거짓보다 침묵이 더 낫다.
아무 말 하지 말 것.
끝.

포항만에 버티고 서있는 원효에게

포항만 바다는 늘 녹슨 채
출렁이고 있다.
한 때는 민족 구국의 동력으로
10층 높이의 굴뚝에 흰 연기와
억센 불빛을 썩어 내뿜는
열기로
새마을 운동은 열을 더 받아
오래된 초가집은 다 벗겨버렸제.

그래서 늘 포항만 바다는 지평을
부숴버리고 가로로 일어서려는
힘에 겨운 노역에서
단 하루도 벗어난 적이 없단다.

가끔 서울 사람들이 인연에 인연으로
얽혀 포항 뒷골목에서 구토를 해가며
포항 여자와 술을 마시고

초췌한 모습으로 달아나듯
포항을 떠났다.

그러다 가끔 포항 주변에 버려져 있던
오어사와 원효의 이야기로
그 엄청난 공백을 텅 빈 언어로 메꾸면서

부드럽게 그들의 품위를
현란한 수사로 바둑의 공가를
계산하고 있다.

그래서 늘 포항 바다는 비어 있다.
그리울 때만 찾는
그런 슬픈 바다이다.

너 씨팔놈 포항 바다가 그렇게도 좋으면
녹슨 포항 바다에 와서
전어 한 소쿠리 쓸어 난전에 팔고 있는
힘에 겨운 아지매들하고 함께
원효 이야기를 나누어 봐라.

그래도 아름다운가?

먼 그리움

그래도 가을이 오면
우리 넉넉하게 나눌 수 있는
그리움이 있었는데

그래서 더 쓸쓸한 겨울이 오면
따뜻한 구들목에서 무꾸내기* 화투장이라도
돌리며 시간을 함께 삭히며
살았는데

겨울이 오면 이젠 더 날 찾지 마라.
나는 따뜻한 방에 누워
쓰라렸던 가을을 향해
총을 쏠 테니까

잊혀진 이름만큼 더 큰 서러움 없다고
언제 우리 더 큰 가슴으로
넉넉하게 우리를 쪼갈여* 함께 갖자.

*무꾸내기: 먹을 것을 걸고 하는 내기 시합(경상도 사투리)
*쪼갈여: 쪼개어(경상도 사투리)

포항역전에서

길을 잘못 들어
헤매다가 이쁜 여자들이 긴 다리를 내놓고
치마조치랑 살짝 걷어 올리고
나를 유혹하는 줄 알았는데

역 앞은 늘 그렇지
50년 전이나 경제대국 12위라는 지금도
포항역 앞에는
팀스프리트 훈련 기간을
기다리며 긴 세월을
들꽃 사그라들듯 지치지 않고
겨울을 버틴 꽃들이
참으로 많다고 그러데

얼룩무늬 미군 군복 차림이 아니면 영
인기 없는 포항역전에서
길 잃은 나그네는 어디로
갈까
손에는 차가운 쇠붙이 기운이 나는
미군이 넘버원인 줄

네가 어찌 알겠니?

그래서 포항은 철의 항구
붉은 항구 녹슨 도시 아니겠니
대한민국 국민 먹여 살리려면
고만한 애정도 없니
이해도 못하나

굴뚝새

녹슨 바닷물을 먹고
자란 붉은 새 한 마리
굴뚝머리에 앉아
불어오는 바람에 눈을 씻고 있다.

눈은 검은 연기처럼
까맣게 타들어가고
어젯밤 하늘에 떠 있던 달빛만
두 눈 동공에 멀찌미 박혀있다.

달이 떨어진
이 밤에
굴뚝새 울음소리는
유난히 붉게 녹슬어
이 긴 밤 더욱 수런스럽다.

줄당기기

세상은 늘 얼마쯤 밝음이다가
어둠도 다가서고
또 밝음도 다가서다가
늘 졸음빛 황혼에 물든
기억으로 채워질 수밖에 없는 것.

이리 저리 다니다가
지쳐서 줄을 놓아버리면
줄 당기기 시합이 끝나는 줄 알지만
교활함은 늘 남아 있지
시합이란 늘 그런 거야

선풍기
―학근이에게

바람을 떠다가 머리에 부어
바람을 마시다가
외로움 먹고
넘어지면 바람따라 넘어지고
일어서면 바람도 함께 일어서는
첨벙거리는 외로움에 눈 비비고 바라다보면
30년 전 내 모습 닮아
바람 사이소
바람 사이소
머리에 바람 이고 소리치는
애처러운 시인의 아들
하늘에 뜬 별들이
너의 꿈을 데워가고 있단다

10월 수족관 바다를 바라다보며

한여름 뜨거운 바람도 곁에 누이고
숨가쁘게 밀려오던 파도도
함께 누운
뻗은 다리 아래로 밀려오는 가을바람이
귀뚜라미 소리였다.
갑작스럽게 외로워지니 가을이 다가오는 갑다.

한여름 바다는
시내 수족관에 부글거리고
힘에 겨워 넋 나간 고기들
힘겹게 내뱉는 숨돌림이
가을의 충열된 눈빛으로 번지고 있다.

빙하기 하늘에
뜬 별빛 향해 발신한 쓸쓸함이
긴 장마비로 되돌아오고
이젠 발밑으로 밀려드는
파도가 가을빛으로 물들고 있다.

초겨울의 노래

흩어진 인연들이 떨어져
낙엽되어 뒹구는
이 후미진 도시의 뒷골목에 잃어버린 그리움들이
바람에 부스럭거리며 몰려다닌다

저녁상에 올려질
된장국 복닥거리며 끓는 무렵
아내 어깨너머로 낙엽물같이 번져오는
지난 그리움
그녀의 얼굴도 얼마만큼
가느다란 주름이 눈가를 지나가고

밥숟가락을 부대끼며 살아온 것마저도
다 허망한 떨림같이
허전하게 자꾸 어둠으로 뒤덮이고

내가 없는 이 빈자리
저녁상 머리에서
나를 기다리는
시간

수성못 포장마차에서 일어서는
내 손끝에 닿는 백동전의 차디찬
냉기가 아직 내 손가락의 지문에 묻어 있다

시론

　밤하늘 폭죽 불꽃같은 아름다운 시인의 언어는 본질적으로 늘 캄캄한 어둠 속으로 금방 소멸해 버리는 무력한 것이다. 주변 사물의 숨소리는 나의 글쓰기를 포기한 것을 다시 포기할 수밖에 없도록 자극하고 있다.

　명멸하는 밤하늘의 폭죽 불꽃과 인식의 무한 공간을 연결하는 전화선을 다시 개설한다.

콩타작

선산 텃밭 일군 자리에 뿌린 배미콩
도리깨로 가난 털어내듯 한나절
시름없이 타작하다
콩깍지 날벌레처럼 날아와
눈알에 튀더니
눈이 침침하고 퉁퉁 부어올라
대처에 나간 큰놈이 사다준 88담배
아까와서 200원짜리 담배 3볼로 바꿔다가
밤새도록 피워대도
뿌옇게 한나절 지나가
베갯요 밑에 숨겨둔 2만원으로
대처 의원에 찾아가니
놀라서 달려온 자식놈
그래도 전세방 면해
방칸 하나 마련하여 산다하니 눈앞은
캄캄해도 마음 든든
시외버스 정류소에서
버스표 한 장 구겨쥐고
흐릿한 창밖에 눈물 움켜쥐고 돌아서는
자식놈

애처러운 마음
떠나가는 차창에 가을비가 되어 내리누만
"내일 병원에 치료 받아셔야 되니더
아침에 올러 오시이소"
"야야 의원이 주던 약 아직 남았서
그라고 인자 안비먼 어떠노 다 살았는데"
가을비에 젖은 설거지 다 해놓고
산허리에 걸려 있는 안개구름 바라보며
새마을 담배 연거푸 피워물다 보니
가을 빗방울 송송 머리에 이고
달려 온 자식놈
"아베요 인자 지 있는데로 가시더"
"죽자꼬 농사 지이도 남 좋은 일 다 안하는교"
하긴 그렇지 큰집 조카놈들 출세해서
대처로 다 빠져 나가고 지 할애비 산등에
벌초할 놈 한놈 없어도
가을 농사 지이놓으마
공출 받듯이 다가지고 갈 때
마음은 안됐어도 저놈들도 다 내핏줄인데
"안그렇다 내 죽으마 너어 조상님 누가 받들겠노"

"내 죽거들랑 너어 마음대로 해라"
"저 우에 큰집 아들매로 제사도 지내지 말든지
세상 시속따라 마음대로 해라"
나아 죽어도 도시에 안나갈란다

남문시장 청소부 강씨

강씨 아저씨는 물비늘 같은
새벽을 거느리고
대빗자루로
하늘에서 진
이른 새벽별을 거두고 있다
피복전을 돌아 어물전으로 몰려오는
바람과 어둠에 섞인 아침을 비질하다가
선 아침잠을 채우기 위해
담배 한 모금
길게 들이키는 그는
매일 아침
어둠과 빛과 소리를
함께 풀어주고 있다

백목련

잎이 돋기 전에 꽃봉오리 내뻗는
백목련은 관념의 역산
아침에 돋은 달빛이 구겨져
저녁 앞으로 걸어나올
싱싱한 새순 사이
걸려 있는 오월의 함성

토정비결

겨울에서 봄으로 건너는
실로 무거운 발걸음
금년 1,2월엔 관재수에 조심하고
3,4월엔 북동 방우에 출행말라
재화가 따르리라
9,10월엔 목씨성을 가까이 말라
구설수가 따르리라
바람에 날리는 민들레처럼
헝클어진 머리카락에
깃을 터는 견고한 껍질
돌아 눕지 못하는
쌀뒤지에 매달린
주석 고기 자물통

연습 2

내 아이가 화선지 위에
금을 긋는다
그은 금은 밝게 떠오르고
흰색 화선지는
중생대 지층으로 가라 앉는다
어둠의 채색선들은
날아가는 참으로 순수한
새가 되었다
텅빈 순결은 없어요
소릴 지르는 새가 되었다
백색의 어둠을 열심히 지워가는
나의 아이는
날아가는 참으로 순결한
새가 되었다

백마강가에서

오월의 아카씨아 꽃잎들이
뿌옇게 몰려오는 황사바람에 뒤섞여
떨어진 백마강 모래사장
희디흰 모래사장에
신동엽 시인이 백마를 타고
달려오고 있다
목덜미 뒤 타고 내리는 땀방울이
한낮의 졸음처럼 번지는
텅빈 정림사지의 석탑만
덩그렇게 외로움을 삭여내리는
거대한 담벼락에 갇혀버린
아 고도 백제의 꿈이여
반월 부소산성 담장 곁을 걸어가는
고운 백제 처녀의 조심스러운 걸음걸이
모래바람은 숨죽이고
희디흰 빛으로 반짝이고 있다
이젠 바람이 서쪽으로 불리라

구름을 위한 관찰

대나무 발눈 사이로 바람이 파닥이며 다가와
타들어 가는 담배를 달구어 놓고
하늘의 구름을 펄럭이게 한다
우리는 늘 구름의 아랫도리만 쳐다보고는
뭉게구름이거나 새털구름이거나 조개구름이거나
제 멋대로 그려내는 반쪽 진실에 익숙해져 있다.
구름의 윗부분을 보고 싶어
강가에 내려와 있는 구름을 바라다보면
조각조각 흩어진 발바닥밖에 보지 못하는
잠자리눈과 다를 바 없는 부끄러움을 가지고 있다
실하지 않는 우리의 지식 밖으로
쏠려가고 있는 바람과 구름은
출렁거리는 플라타너스 가지에 눈물 한방울
찍어두고
나는 하늘에서 벗어나지 못하는
생리를 겪고 있다

제 5 편 대답 없는 질문

길바닥에 버려진 신문지 조각

반쯤 어깨를 흔들다가는 온몸으로 뒹구는 한 시점의 사건들 의지 없이 불어오는 바람에 이리저리 뒹굴다 길바닥에 토해낸 활자들 더러움과 신선함이 분리되는 충격

깨알처럼 촘촘히 박혀 있는 먹물무늬 도다리 등에 날이 선 칼로 어둠을 걷어내면 알몸으로 되살아나서 유영할 듯한 참으로 안타까운 사시의 눈자위 붉그스레한 서쪽저녁 노을 아래 무참히 해체된 석간 신문조각을 펴놓고 있다.

길바닥에 곤두박질하며 구르는 신문지 조각 튕겨서 흩어지는 언어 우리들 가슴 흔들지도 못하고 의지 없이 뒹굴다 진실을 토해내는 어두움 참으로 진실의 눈물 일깨우고 사람들 갈라놓는 바람은 이 도시의 골목길로 유유히 흐르는 강물이다.

흑백으로 메우어진 뒹구는 신문 조각은 참으로 순한 인간들의 눈물 거리이다 흩어진 언어들을 건지러 나선 나는 참으로 무엇인가.

소매치기

사람들이 붐비는 강남고속 터미널
갈 곳이 다른 목적지를 향한 무료한 댓가로
팔 없는 걸인에게 던진 백동전 두 닢의 우호심
허무한 사랑으로 맞바꾼 수치심은
길바닥에 얼어붙어 미끄럽다
비칠하는 몸을 가누고
나는 비로소 모든 것을 소매치기 당하고
입 벌어진 가죽가방은 속을 다 드러내놓고 있다
이 시대의 사람들이 지녀야 할 소지품 같은
내 내장 속은 숨을 죽인 종로 2가 찬바람에
딸강 소리를 뱉어내고
남양분유 우유통에 떨어진 백동전 두닢
얼굴이 뽀얗고 살 오른 아기 그림 앞에
두 손 없는 사내는 머리를 땅 속에 심고 있다
구두를 질질 끌며 긴 행열을 빠져
갈 곳 없는 목적지를 향하여
따스한 겨울 손목을 붙잡고
입 벌어진 가죽가방을 그냥 맨 채로 겨울을 건너고 있다

북 치는 원숭이

내 진실로 슬픔이 있는 곳으로 가기 위해
사랑을 지우고 있어요
나를 보고 웃는
당신의 가슴에는 하늘의 별이 지고
나는 북을 치지요
당신들 사랑만큼 익어가는
아랫도리는 차가와 오지만
나는 언제나 당신 가슴에 머물러 있어
눈 감으려 해도
눈 감겨주지 않는
당신 곁에서 기다려도 오지 않고
지나가는 이들 이름 부르며
북 두드리는 내 가슴엔
바람과 눈만 오고 있어요
풀섶 헤치고 밀려드는 당신들 속에서
눈 영영 감기지 않아
또 하나의 사랑 지우고 있어요

당신을 보기만 하려던 나는
자꾸 당신을 닮아

이젠 나를 버리고 있어요
을지로 지하도에서 만나는
당신들 알지 못하는 사랑은
늘 거리를 굴러다녀요
어둠이 오는 거리에서
나는 늘 북을 치지요
어쩌면 내일 북을 칠 당신들 대신
나를 버리고 있어요
말하려 해도
말하게 버려두지 않는
당신 곁에서
기다려도 오지 않는 사랑의 노래 부르며
북을 치지요
내 진실로 슬픔이 있는 곳으로 가기 위해
사랑 지우는 벙어리의 노래를

소시민의 하루

우리들에게는 열평 남짓한 허공의
땅이 있습니다
입이 넷 눈이 여덟
있을 것은 다 있지만
늘 바람 불면
에드벌룬처럼 날아가 없어질 듯한
정착하지 못하는 사람들입니다
허나 보리밥 대신 흰 쌀밥 먹고
뿌연 새벽 윗층에서
변기를 씻어 내리는 물소리와
방귀 소리로 하루가 시작됩니다
같이 살면서
너무나도 다르게 살아가는 사람들 구경을 하다
딸깍 TV를 끄면
우리들은 에드벌룬을 타고 밤새도록
이 도시를 떠다닙니다
언제 우리도 도사견 풀어 도둑을 지킬 날이 올까요
그때는 윗층에서 흘러내리는
오줌깔기는 소리를 듣지 못하게 될 터이나
그런 것이 다 꿈이겠지요
그저 밝은 아침이 오기만을 기다려야지요

회색 때가 오른 서울 공화국

"우리의 서울 우리의 서울 거리마다…"
문화와 정치 경제의 중심지
우리의 서울
광화문통 인도블록 한장에 쌀 한말 값이 될 걸
흙밟고 다니는 놈은 시골 촌놈이라
허나 가-254783902 소공동 지점 발행
수표 딱지에 제 칸을 다 메운 돈의 액수를
얼만지도 모를 선량한 사람들도 많다고
그들은 매일 한강물 까먹고
감사하는 마음으로
막벌이는 서울이 제일이라
그래도 일유 탈렌트도 지나는 길에 볼 수 있고
그 유명한 지필용 가수도 만나고
높은 분들도 바라다 볼 수 있는
이 나라 기적을 일으킨
한강수 퍼마시고
회색 물방울 뱉어 놓은
이 도시
원숭이마냥 이를 잡듯 엉겨붙은
철골 구조물의 거리

연륜과 전통을 자랑하는 회색 물때가 번지르하게
빛나는 위대한 수도
한강은 말없이 흐르고 있다

도시의 노래

우리들 발자국 덮고 있는 어둠 걷어내며
달리는 차창에 튕기는 별빛들
밤늦도록 마셔댄 독주에
젖어 있던 눈이 열리고
도시의 밤은 일어서다가 다시 주저앉는
짐승이 된다
그대 가슴에 빛나는 은빛별이 침대 아래로
굴러 떨어질 때
솜털처럼 떨리는 유다의 목소리
책갈피 속에 갇혀 있던 언어와 관렴들이
이 도시를 끌고 뒷걸음치며 가고 있다

남산동 4구 2482번지

이젠 더 빼앗길 것 없는
너그러운 마음으로 몰려든 사람들
피난촌 마을의 명패는
재개발지구
이 도시의 소음들이 빨려드는
골목길에는 태양신이 지켜주는
활기찬 무심함과 햇살에 익어가는
토장 장냄새
빨래방망이 흔드는
가슴춤 사이로 흘러내리는
허술한 젖가슴도
부끄러울 것 없는
유난히 검고 큰 젖꼭지
"고물 사이소"
"고물 사이소"

닭발

투명한 소줏잔에 첨벙이는 피로한 어깨 너머 핏발선 눈을 뜨고
밤을 새우는 닭 울음소리 심봉사 눈썹 같은 달이 머리 위에 떠오르고
양념장 바른 발가락 사이로 돋아 오른 덜 자란 생기발가락에 걸어
보는 약속들 늦은 밤 눈뜬 부엉이같이 살아가는 사람들의 자리는
몇 차례 바뀌고 계란 같은 굵은 눈곱 걷어내며 백동전 몇 닢으로
바꾸어 본다

긴 추억 속으로 밀쳐져 있는 이 도시의 구석진 골목길 어귀 포장마차
에 실려다니는 토막난 닭발은 횃대 위에 올라 다이몬드 견고한 사람들
의 심장을 쪼고 있다

구멍난 천막 아래 앉아 이 도시의 어두운 강물에 발을 담근다
하루의 피로를 다스리기 위해 투명한 소줏잔에 꿈같은 별을 띄워
후미진 이 도시의 어둠 속으로 던져 넣는다 바다를 건져 도마 위에
올려놓고 날 넓은 칼로 겉도는 우리들의 애기를 난도질하고 있다
어둠이 서늘해질 때까지 투명한 빈 소주병들은 어둠을 빨아드리고
있다 무심하게 졸음을 석쇠에 얹어 달구어 내는 포장마차 주인은
늘 출렁거리는 어둠을 딛고 일어나는 별빛이다 인간들은 앙상한 일상
의 언어만 남겨두고 다시 자리를 털어낸다

이화령 고개를 넘으며

인연의 오라를 풀어
빗줄기로 이 땅에 내리게 하고
삼발같이 풀어진 산허리에 얹힌
비구름타고 새재 산마루 넘어갈까
무시로 맺힌 빗방울 같은 인연들 헐어
더 크고 긴 강줄기 만들어내기 이렇게 어려운가
이루지 못하고 떠나보내야 하는 사랑보다 더
곱디고운 것이 어디 있겠는가
맨발로 걷는 고통만큼이나 새잿길은
토막나 가까이 다가오지만
찬 여름비는 가슴으로 차츰 스며올라
서편 먹구름 다 풀어져 우리들 마음같이
한 가지 하늘빛으로 몰리고
빗줄기는 끊이지 않는다
이렇게 허수룩하고 마디 없는
세월의 수많은 물방울 되어
나무에도 내리고
이 땅에도 내리고
내 마음에도 자릴하지만
힘찬 산줄기에 걸려 힘없이 흐르는 것

저수지가 보이는 아파트

저녁 햇살에 떠오르는 잔잔한 물결은
아파트 한 층 한 층 밟고 올라왔다
다시 허전하게 가라앉는다

솔숲이 외로운 찬바람 막아주고 내 마음 비질하다가
어느새 황망한 하늘에 찔려 가느다란 몸짓 보내고
산과 들은 바뀐 곳 하나 없지만

내 마음은 비포장도로에 난 자동차 바퀴처럼 굳어져 있다
다시 계단을 내려와
저수지 찰랑이는 둑에 앉아 보노라면
돌아누운 산등성이 넘어 하얀 낮달이 걸려 있다

한밤의 쓸쓸함을 가늠질해 주던 저수지 물빛에 어울려
동네 아이들 떠드는 소리
솔숲 잎사귀 흔들며 달빛되어 퍼지고 있다

나는 지금 어느 계단을 오르고 있는 건가
내가 딛고 서 있는 층계만큼이나 따라 올라서는
창밖의 온갖 물상

솔숲 외로운 무덤 쓰다듬고 건너오는 바람
그 사이에 나는 지금 서 있다

산그늘

산그늘 마을을 덮고
먼 곳 개 짖는 소리
하늘에 뜬 별빛처럼 여기저기 반짝이는 등불
산이 허리를 꺾고 이 산마루에 내려앉으면
우린 허전한 마음으로
하늘에서 떨어진 별똥별의 꼬리를 쫓고
그대의 입김처럼 서려 있는
달안개 빛으로 고이 산마루의 하루를 거두며
등불 하나 둘씩 꺼져간다
숱한 날처럼
거대한 산그늘 가슴을 꺾고 허리를 꺾으며
껴안은 조각난 들창은
차츰 그 윤곽을 잃어가고 있다
불 꺼진 창턱에 걸터앉은 외로움처럼
세월은 흐르고만 있다
내 언제 이 들판에 걸터앉아
잃어버린 별빛 기억할 날 있으리
조금 전 푸르게 흐르던 강줄기에 내려앉아
흰빛으로 되살아나는
그대의 입김처럼

이 산마을 억센 바람 풀어내는 들국화 되리
몇 번 접혀진 산그늘은 이윽고 어둠으로 되살아나
하늘에 진 별빛 그 선명한 윤곽따라
세월은 흐르고만 있다

장미빛과 저녁노을

누군가 보내온 안개꽃에 싸인 여섯 송이
탐스런 손가락 내 가슴에 배달되고
쉬는 숨찬 숨소리 몰려 퍼들지게 웃는
희디흰 이빨 자욱 같은 시들어가는 가지를
화병 속에 깊숙이 꽂아두고
돌아다보면 매일 찾아오는 저녁노을
아름다움의 이름으로 꽃은 피지만
지난 홍수로 황톳빛 물든 푸른 들판 시들어 가는
풀빛들의 운명들을 불러 모아 만찬으로
흩어진 테이블 위에서
또는 정갈한 레스토랑 투명의 유리컵에 머물다가
13층 아래 쓰레기통에 처박히는 시들어진 붉디붉은 장미꽃
날마다 자라나는 갓난아기 목두레에
희미하게 돋아 오르는 까칠한 가시가 꺾여
투명한 유리컵에 잠겨 헤엄질 하고
시간의 옥타브를 세차게 내리칠 때 울리는 굉음
끝없이 새로 피어나는 생명의 줄기는
맑은 날 저녁 무렵 흐르는 저 붉은 황톳빛 저녁노을이다
그 아래 세발자전거를 타고 여자 아이가 놀고 있다
꽃 찾으러 왔도다 왔도다

무슨 꽃을 찾겠니 찾겠니
장미꽃을 찾으러 왔도다 왔도다

연일 계속되는 장마비에 금강이 홍수 바다로 변하고
멀잖아 낙동강이 홍수로 위험타는 방송이 며칠 나오더니
원망스런 저 하늘마저 붉게 물들었다
낮동안 우기가 걷힌 이 땅의 더러움들
몰려오는 서쪽 저녁이
시든 장밋빛으로 물들고 있는 게다
여치 울음같이 떨리는 텔레비전에 묻어 나오는 저녁노을
거친 장미 가시가 머리를 내밀고
더 억센 손으로 붙잡아 보면 손가락 사이로
뛰어나오는 선홍빛
곧 어둠으로 뒤덮여 상처는 보이지 않을께다
장맛비에 젖은 이불 보따리에
금년 여름 홍수 덕택으로 아름다운 저녁노을
출렁거릴 것은 뻔한 이치다

들국화

샛노란 들국화 꽃잎 속에 찬 가을바람 맞으며
그대는 누워 있어요
차가운 겨울바람 타고 어디서 날아왔는지
실눈썹 다물어 있는 이 들판에
지나가는 겨울새 일으켜 놓은
새털구름 쫓으며
그렸다 지워 내리는 시린 겨울 하늘가를
언제나 홀로 지키리
내쉬지 못하는 숨소리 거두어
더 큰 함성으로
몰아가는 바람소리는 마침내
샛노란 들국화 꽃잎 이 땅위에 흩어
다시 바람에 실려 하늘 높이 날려가는 날까지
멀고 먼 우리들의 거리는 변함없는 찬바람
지날 터이고
그 사이에 누워 시린 겨울바람 맞으리

우리 다같이 모여 살면서

사랑한다고 생각하는 사람들끼리 모여 살면서
달빛같이 풀어져 없어질 지난 일들을 생각하며
왜 울어야 하는 건가
발목까지 빠져드는 모래와 강물빛의 경계를 밝혀주는
상실한 사랑의 무심함에 왜 설워해야 하는 건가

한낮동안 겨울새가 남긴 뒷걸음질한 발자국을 더듬으면
그 깊이만큼 남아 있는 체온을
한밤에 내리는 달빛에 식혀내고
누군가 다시 그 모래길을 걸어가리라

웃자람한 나뭇가지에 새겨놓은 사랑하는 이들의 이름
그때 남긴 얘기들이 떨리게 하고 있지만
우리는 한곳에 모여 살면서 지난날의 만남은
아래 위로 길게 일그러진 가지 끝에 매달려
시린 가을 달빛에 그을리고 있다

모래 배 한 척 강을 거슬러 오르고
지난 기억과 기쁨을 그림처럼 그려 남길
빈 가슴으로 덧없는 물빛에 비치는

철새들의 눈비늘 거두어 가자

우리 함께 모여 사는 곳으로
저 빈배에 실려 강을 오르자

인화

흩어버리지 못할 빛을 주어모아
백색 인화지
가슴속 깊숙이 눌러둔다
물속에 잠겼다
서서히 백색 순결 속에서 걸어나오는
끝내 숨기지 못하는 비밀은
채색된 나의 허상
인화지 밖으로 걸어나오는
나의 가느다란 속눈썹은
바람에 흔들리기 시작했다.

오즈의 마법사

다리에서 강으로 쏟아넣는 꺼꾸로 달리는 기차와 사람들
일그러졌다가 길게 늘어졌다가 오무라들게 하는
청청 흐르는 저 강물은 거울보다 신비로운 마법사인가?
구름의 아랫도리만 보여주고 하늘의 똥구멍만 베껴내는
구도의 파괴자
보이지 않는 바람 그려다가 물위에 띄우고
날아가는 민들레 씨방 손톱자국 만들어 물위에 싣고
물살같이 빠른 세월의 윤곽 풀어내는 동화의 세계

편지 (1)

너에게 편지를 한다
글이 아닌
온 몸으로 너에게 간다
막걸리자 걸음으로 백지 위를
달려간다
가는 발목에 스며드는 검은 늪
그러나 가야 할 어느 날
죽어서
살아 오르는 눈빛에 매단
얼룩진 연 하나
입에 머금은
말 다 못하고
온몸으로 달려가
너의 젖은 가슴에 걸리라

편지 (2)

구름을 누르며 떠 있던
별들 다 쏟아내고
이 도시엔 비가 내린다
세상 사람들은 제마다
그림자 속으로 기어 들어가고
텅 빈 거리에 홀로 빠져 나와
너의 편지를 읽고 있다
한 줄 한 줄 방울에 번져
두 줄 건너 한 울음씩 포개지는
그러면서
한 줄 읽어 가면
다음 줄 당신의 마음 먼저 가고
두 줄 읽어 내려가면
또 그 다음줄 가슴에 새겨지는
그런
바람 더해지고
어두운 거리를 빠져 가는 자동차 불빛 따라
세차게 쏟아지는 비를 바라다본다
길바닥에 튀어 오르는
수많은 기쁨의 얼굴들
당신의 그림자 속으로 걸어가고 있다

편지 (3)

눈물로 키 더해가는
불국사 앞뜰에
오늘도 마알간 가슴을 내놓고
기도하는 바위 하나 있다
달을 지우며 떠 날아가는 기르기가
떨쳐놓은 몇 마디의 울음이
못내 그대 어깨 위에 밤이 되고
헝클어진 머리카락 너머
설익은 눈빛으로 아픈 마음으로 여무는
한 시절이 다가온다
바람 어디쯤 그대 묻어올까
날마다 꿈깬 썰물의 텅 빈 노래가
익숙하게 귓전에 묻어온다
이 밤도 목이 마르고
깊은 잠 들 수 없는 꿈을 타고
동에서 서로 잠자리 뒤틀어대면
선연하게 다가서는
그대의 뿌리
햇살물고 일어서는 그대의 가슴 향해
고인 눈물은 사랑의 눈물로
젖고 있다

편지 (4)

너는 그리고 너는 아는가
세월과 세월이
가슴과 가슴이 서로
발을 걸었던
그 추었던 명동 길을
모든 기억들을 숨결 위에
고이 올려놓고
숨찬 옛노래 불렀던 길고 긴 시간
잊혀질 것이라 잊혀지지 않을
젖은 가슴만 묶어 보내는
내 빈 마음을 아는가
거리에서도 내 책갈피 속에도
묻어 있는 선연한 그대의 모습
가을 들판을 달려가는
그대 어깨너머 몰려오는
두터운 눈물을 어이 다 받으랴
어두운 기색으로 부러진 가슴
모질게 살아 있는 죄 많은 숨결 고이
꺾고 싶어
살아서 차마 시퍼런 하늘 아래

얼굴 들지 못할 사랑의 죄가
이토록 무거운 것인 줄이야
내 손바닥에 박힌 눈물
그대가 만지니 빛나고

편지 (5)

별이 뜨는 밤이면 가슴에다
너의 눈빛을 줍는다
예전에는 내 가슴에
너의 눈빛 풀어놓아
싱싱하게 키우고 싶었는데
너를 바라보며 젖먹이마냥
싱싱한 즐거움에 떨고 싶었는데
구름되어 날아간 빈자리에
눈물로 채우며 돌아서는 자리에
천둥 번개가 내리고
나는 다만 쓰러져
갈대처럼 길게 울고 있다
그래도 밤이면 별이 있기에
이젠 넉넉하고
별마저 그대 닮았기에
텅 빈 방에 엎드려 벼개머리 적시는
가슴에 별하나 꺼내어
너의 눈빛인양 스다듬고
긴 겨울밤을 건너고 있다

와우정사 풍경
—어느 여름 경기도 용인에서

경기도 용인 청용열차
두서너 바퀴 돌다가
와우정사 뜰 앞에 내려서니
햇살은 장마비에 젖은 신흥불사
병풍처럼 펼쳐진 안개구름 사이
등나무등걸 엉켜 자라나는
푸른 새순 향기가 허전하게 퍼져 오르고
향 타는 냄새가 뒤엉긴
한낮 성욕이
태양빛처럼 허리에 내려꽂힌
청동 약사여래 제불신 앞에
연약한 여인은
두 손을 부비고 있습니다

개똥살구

슬픔을 앞세우고 개똥살구 가지를 헤치고 가면
속새 잎사귀가 바람에 흔들리고 있다
풀벌레를 후쳐 날리고 나란히 누워
속치마자락을 찢어 몸을 섞으면
갈대들은 하늘을 털어댄다
우수처럼 흩어지는 햇살이 떨어지면
옷을 털고 다시 일어선다
눈물 한방울 없는
무심한 기쁨은 언제나 내 앞을 걸어가는 비애다

풀잎과 사람들의 비 맞는 태도

시린 빗물 몇 자락 맞으며
풀잎은 내리는 빗줄기 사이로
날카로운 비수를 겨누고 있다
빳빳한 성기처럼 하늘을 향해
풀잎 사이 물에 젖은 꽃잎은
눅눅히 찍어놓은 수채화 물감
나지막한 이 땅에 배를 깔고
비 맞으며
풀잎은 하늘 향해 비수를 겨누고 있다

빗물 몇 자락 맞으며 서 있는
사람들은 구겨진 헌옷자락
그들의 눈빛은
길바닥에 내려 앉아 질척거리고 있는데
아무리 맞아도 아프지 않을
한 사나흘 계속되는 시린 빗줄기
순은 햇살 같은 눈에 고인 슬픔
빗물 스며든 깊숙한 이 땅을 향해
야수 같은 눈빛을 겨누고
비 맞은 들풀잎 사이로 다가오고 있다

우리들의 언어

밥상에 올라온 고기 살점을
한 점 한 점 볼가 먹으면
결국 굳은 언어들만 견고하게 남아
유연한 바다 깊은 유영의 기억들도
등뼈 사이로 흘러가 버린다
일상의 언어를 지탱해 주던
연약한 살점
동해의 짠 바닷물로 씻어내려도
씻겨지지 않는
살점을 매일 뜯어먹으며
생생하게 살아 나오는 영혼들과
함께 이렇게 살아가는가
언제 우리의 죽음도 이렇게 맞으려니
끝내 뭉쳐지지 않을 넉넉한 무게를
가진 몽뚱아리를
더 믿어운 죽음 앞으로 앞당겨
고이 풀어줄 수 있지 않겠는가?
밥 한숟갈에 담겨진 생명들이
되살아오는 소리를 일으켜 보자

전쟁동이

"당신의 가장 오래된 기억을 말해봐요" 손가락처럼 가느다란 고구마가 머리맡에서 나의 새벽을 지키고 한낮에는 늘 오포(사이렌) 소리가 긴 나의 어린 잠을 흔들어 놓았어요 불규칙적으로 불어오는 그 소리는 거친 나의 숨소리였나요 가을걷이 나간 엄마 젖가슴 대신 그 소리는 잿빛으로 내손에 묻어 있었나요 내 곁에서 늘 하느님은 빗겨갔어요

"그럼 최근에 받은 충격은…" 사람들이 싫어요 커피잔이 떨려요 기억이 나요 옛날에는 문둥이가 많았어요

보리밭에서 간 빼먹는 … 나는 늘 혼자였어요

"요사이 뭘하시나요?" 나는 한국 아이예요 흑인 미군 병사가 지나가면 할로우 쩡껌, 할로우 쩡껌 외치며 따라가면 발바닥 아래로 던져주는 셀르민트 껌으로 내 잇발 사이에 누렇게 낀 개떡 찌꺼기를 걷어내고 잿빛 하늘 사이로 간간이 드러내는 1950년대 하늘을 흔들고 있어요

한해를 보내며

하늘에 뜬 별빛을 따사로운 가슴으로
또 한번 지워야 하고
어둠 가득 차 있던 지난 일들
쓸어내려 보자
가득 찬 한해를 또 비워야 하고
이잰 다시 그리움으로 다시 채워질
넉넉한 한해를
또 맞이해야 되지 않겠는가

인연의 오라로 이어온 세월의 마디를
다시 한번 풀어내려 더운 가슴으로
우리들 어깨를 서로 맞대어야 되질 않겠는지
은은하게 들려오는 세모의 종소리를
시린 손을 부비며 맞아드려
튼튼한 한해를 그리움으로 그려 남길
넉넉함으로
우린 또 흘러야지

안경 쓴 얼굴

손목을 잡으면 고요히 시간이 흐르고
허리를 안으면 바람이 일고
글라디오라스 꽃잎처럼 성장하는 순결
늘 세상은 작아 보인다지만
살아간다는 것이 커다랗게 바라다 보일
한 사람의 역사가 일렁거린다
연필을 입에 물고
시가 거품처럼 일어나는
작문 시간

장다리무우 꽃잎

입술은 들풀빛 물들고
길잡히지 않은 내 머리카락 흐틀고
지나간 군용 지프에 으깨어진
들멀구
노란 무우 꽃잎이 온통 흩어지고 있었다
아무 값나가지 않는 몸뚱아리에
아내는 내 가슴에 고인
먹물 같은 들멀구 빛으로 눈화장을 하고
장다리 무우밭에 빨간 구두를 신고 서 있다
들멀구 따 먹던 유년기 들판에
아직 들꽃이 지고 있다

들소

나무 위로 종이배 떠간
하늘은 늘 빈 공간이다
달과 태양은
어느 화동이 이 땅에 남긴 흔적들
하늘과 땅을 뒤 흔들던
달리던 들소떼는
비가 되어 내리다
산이 되었다
태양과 달이 함께 떠오르는 날
억센 들소 등뼈는
안개가 되었다
텅빈 하늘을 메우는
심약한 화동은
석회 동굴에서 살고 있다

기둥 사이에 끼여 있는 달과 오골계
—김근태에게

나이 사십이 다되도록 닭털같이 털어내도 아무 것도 없는 스물
군복에 길 드린 가난으로 밤이 되면 뒷산 털어 군불 대고 굴뚝으로
소물소물 기어 나오는 연기를 몰아 낙엽지게 하고 빈가지 떨듯 그는
자주 울었다

번개처럼 대구에 나타나는 날이면 건천에 떠오른 달을 몰고 와
내 집 기둥 사이에 꽂아두고 손등발등에 소복히 내려앉는 어둠을
털어내고 뜬눈으로 몇 밤을 보냈다 그는 내 터지지 않은 목청을 조율해
주고 서리 걷히듯 대구를 떠나 가 버렸다 이젠 그를 만나 산에 올라
오골계 날개 털듯이 머리에 낀 비듬을 털어 함께 눈을 맞아야겠다

애장터

하늘에서 흐들어지게 흩어놓은
참꽃 물빛 온 산에 흔건하게 번지는데
가까이 가보니
한가지 꽃물빛이 아니라
여러 가지 꽃물빛임을 알았다
봉분 없는 무덤가에 핀
참꽃 짙은 꽃물빛은 바람에 지워져
피다만 연한 빛으로 흔들리고 있다

똥개 개새끼

지난 밤 꿈에 사람들이 멀리 떠나더니만
우리집 문간을 지키던 살찐 똥개 팔려 나가고
칠월의 태양 같은 지린내가 허전하게 퍼져 있구나
보신탕집 앞 쇠창살에 가둬져
하늘에 늘린 구름빛으로 풀어질 눈은
허전한 여름밤 하늘에 퍼들거리고 있구나
목 매다릴 일이 차라리
편안하고 자유로운 일일 것을
번개와 벼락소리가 저 멀리
남쪽 산등성이를 일으켜 깨우고 있다

미루치야 꽁치야

코울타르를 칠한 가교사 옆벽에
도장버짐, 백버짐
온얼굴 덮인 아이들
어깨와 어깨를 걸고
일찍 영역 다툼을 배운다
미루치야꽁치야
입언저리에 하얗게 퍼져나오는
성애가 퍼져 하늘 더욱 푸르다
몸과 몸을 부딛고 발바닥에 모은
힘죄기
찬겨울 이겨내기 위해
터싸움을 배운다
전쟁 포탄에 찢겨진 앞산자락 향해
날아간 새벽 까치는
종일토록 돌아오지 않는다
미루치야꽁치야
미루치야꽁치야
야 강냉이죽 급식 시간이다
참깨알처럼 아이들이 흩어진
가교사 옆 벽면은

아이들 몸때 묻어 반질거린다

요사이 마음 놓고 먹을 것이 없단다
과일에는 농약이요, 물에는 중금속
그래도 초등학교 평균 신체 발달 상태가
일본을 앞지르고 외채도 늘어가는데
가재 잡던 내고향 들녘에는
자가용이 늘어 서 있고
불갈비다 돼지고기다 이글이글 구워
강냉이죽에 허기진 배를 이재사
채우려나
미루치야꽁치야

*미루치야꽁치야: 멸치야 꽁치야
          (경북방언으로 벽에 기대어 서로 몸을 밀치며 부르는 소리)

허기진 시대

앞집 종덕이 뇌염걸려
보건소에 실려나가던 시절
보트만한 도시락에 보리밥 가득 담아
옆자리 동무들과 나눠먹고
풋감 보리쌀 뜨물에 삭혀 먹고
보리밭 깜부기 뽑아 눈썹 칠해
전쟁놀이하고
저녁노을 뉘었뉘었 넘어가면
밀써리에 콩써리에
그래도 먹을 것도 많았는데
전쟁놀이하다 터진 머리 된장 쳐 바르고
찢어진 상처에는 보드라운 찰흙이 제일이지
들일 나간 엄마 찾는 동생 달래려
보리쌀 사카린 넣어 볶아 먹으며
가는 세월 오는 세월
변한 것은 많은데

아내는 내 가슴에 고인 먹물빛으로
눈화장을 하고
영양식단이다 생수다

영생불멸할 요량으로
야단이다

대통령찬가

가교사 뒷 벽면에는 북괴 군인
아까보 소총 매고 부릅뜬 눈으로
쇠고랑을 차고 강제노동을 하는
북한 사람들 지키고 있다
어딜 가나 반공 방첩
국어 책에서 사회 책에서
반공 교육을 받으며
우리는 대통령 찬가를 배운다
"위대한 우리 대통령 우리 대통령…"
6.25의 잔해가 걷히지 않은
들판에서 미모싹 캐먹으려다
매몰 폭팔물 터져 하늘로 날아 오른
한국아이들
내 고향 푸른 들판에 선연하게
살아오르는 전장의 영혼들
세월이 많이 지난 후에사
이 땅이 왜 둘로 갈라져야 했는지
알게 되었지
풋보리 홰기같이 연약한
이 땅의 사람들

그들의 아이들은 행군을 배우며
대통령찬가를 목 터져라 불러야 했지

팻싸움

정월이라 보름날 달빛 더욱 푸르런데
차당실* 아이들과 하동* 아이들
텃새 시비에 싸움질 일어났다
돌과 돌이 날아가고
달아나다 몰리고 몰리고 달아나다
싸움은 끝났어도
내일 등교길에 하동 앞길 건널라치면
걱정이 태산이라
며칠만 지나면 아무 일 없었던 듯이
척사놀이 투전판에
한도닭 싸움질에 신명나고
노래자랑 씨름판에 박수치고 어울리더니
세월지나 만나보니 한 고향 동향이라
더없이 반가운거로

방패 앞가리고 곤봉들고 진을 치니
붉은 수건으로 얼굴 가리고
화염병에 돌을 들고 던지고 달아나고
대학 담장 하나두고
무슨 원수되었길래

잡히면 반공법에 철창행 신세되고
죄 없이 얻어터져 병원에 드러누워
창밖에 터져 오르는
사루비아 꽃물 같은 눈물지며
둘러앉은 한 많은 이 시대 역사여

*차당실, 하동: 경북 영천군 고경면 삼귀동, 하동의 자연부락명

피사리

이물끼저물끼 형헐어놓고
쥔내양반 어디로갔나
담배쌈지야 손에들고
첩으방에 놀로갔네

뒷산 솔밭에 호롱등불 높이 밝혀
한쪽에는 척사 투전판 벌어지고
한쪽에선 풍물판 벌어져
취한김에 흠뻑취해 세상만사 잊을려나
주인내 양반 장만해준 무명 바짓가랑에
막걸리 김치물 젖고
가랑이 사이로 흘린 오줌 젖을 무렵
휘영청 밝은 달빛
꽹과리소리 하늘 높다
동내 머슴 모두 모여
상쇠잡이 뒤를 물고
흘러가는 물길처럼 이리 꼬이고 저리 꼬여
빙글빙글 도는 세상
물바가지에 갱죽이라도 목구멍 풀칠하면
고만이지 이눔의 팔자 신세 타령하면

무슨 소양이라
윤오월 달빛 서늘해질라치면
신바람 돋우던 동내 머슴들
삼삼오오 짝을지어 어깨걸고
신명나게 창가가락 뽑으며
넉살 좋은 놈
주인집에 몰려가서 고방 헐어
보릿쌀말이나 얻어 지고
휘영휘영 제 집찾아 기어드니
달빛에 풀어지는
동내 컹컹 개짖는 소리

---

*호무거리: 음력 오육월 두벌논매기가 끝날 무렵 동내 일꾼들 불러 모아 지주가 술과
음식을 장만하여 대접하는 동내 행사로 지역 방언에 따라 "호미씻이" 또는 "힛추먹는다",
"꼼비기묵는다"라고 함.

팔보구슬

팔보구슬 투명한 가슴은
기억속에 지워지지 않고
영롱하게 그림처럼 남아 있어요
진자지* 먹는 제삿날
마당에 삼각구# 구멍 파서
저녁 노을 빛과 새벽 운해를 말아
삼년나면 다시 되살아나
참으로 허기진 하늘 바라보며
저녁연기에 밀려 오르는
은빛 물방울 그리움 쫓고 있어요
사다리 가생하다가 가슴팍 푹푹 쥐어박고
내리던 빗줄기 피해
헛푸구덩이 헛발 짚어
비칠하며 깔깔 웃던
아이들은 다 어디로 갔는가
싯뻘건 명주실에 매달린
이승만 대통령이 그려진 붉은 지폐에
당겨오던 가난들이
세상 비웃듯 고층빌딩에 짓이겨지고

붉은색, 노란색, 푸른색 팔보구슬
내 가슴에 소용돌이치고 있는데
왜 떠내려가지도 못하고
왜 떠내려가지도 않고
물거품되어 내 가슴에 남아 있는 건지
물길 거슬러 이 물길 끝 맞닿는 그리움으로
우리 다 함께 몸을 싣고 오르자
다시 지워질 발자욱 저녁 하늘가에 남겨두고
우리 함께 손 잡고 거슬러 가자

*진자지: 쌀밥
‡삼각구: 구슬놀이의 일종

차당실전설

볏가리에서 뽑은 새꾀기 끝처럼 촐랑대며 원촌 바보 눈 찌르고
가슴팍 밀쳐도 바람 빠진 풍선처럼 웃기만 하던 바보 할배 동네 시제
꽁무니를 드리워진 개꼬리처럼 물고 음복떡 질경질경 씹던 찢어진
바짓가랑이 사이로 흘러내리던 엉덩이 발에 차이고 힘든 짐 져주고
바보 아니라는 자신감 주고 맞바꾼 식은밥덩이 움켜쥐고 어디로 갔는
가 주막거리에 내깔기던 오줌줄기 회오리바람 되어 가을걷이 끝낸
들판 크고 작은 딱지처럼 말아 올린다

매일 제시간 제자리 통근버스 꽁무니 따라다니며 시간 되면 도시락
질경질경 씹고 개울물 퍼먹듯 술타작하며 미친놈 외마디 지르듯 정의
외치는 우리는 바보와 다를 바 어디 있는가 바보가 없어
우리 모두 쓸쓸해지고 식은밥 건네 줄 거지 하나 없다는 내 땅이
왜 이렇게 허전한 건지 한기 오르는 담벼락에 머리 쳐박고 소타기하던
아이들은 나뭇잎 지듯 다 어디로 갔는지

검정고무신

발뒷꿈치에 굳어진 꾸덕살 주물처럼 부어 만든
검정 고무신은 늘 뒷꿈치부터 닳아 터졌다
퍼들퍼들 살아 있던 고무신이 숨을 죽일 무렵이면
발가락이 시려 온몸 뼈마디가 허물허물 해졌다
50년대의 찬바람을 빈 원고지에 몰아넣어
서울 충정로 잡지사 다락방으로 보낸다

모심기노래

시퍼런 동맥줄기 일어서고
철렁거리는 맥박소리와 쉼박질
붉은 태양신이 떠오르고
어깨 위를 흑거미가 기어오르고 있다
남근석대 아래
해마다 풍년이 오듯이
시퍼런 강줄기 뒤덮이고
천둥과 우뢰소리 물방앗고 튀듯
대물림 해 내려온다
언제 이논베미에 모를 갈아
자주명주 목테하고
영해 물알 마실 찾아 갈까
삽자루 땅땅치면
일그러진 고통빛 시위를 떠난 화살이
살 깊은 어깨쭉지에 꽂히고
들판은 저녁 어둠을 비켜 익어가고 있다
자릴 뒤틀어 가며 철겅거리는 별빛 따라
남석 곡옥 목에 걸고 저녁 밤길 가고 있다

대답없는 질문

바람이 불어 나의 허리를 꺾더라도
밀리듯 밀리듯 밀려오는 굳센 발길에
밀려 비록 넘어지더라도
비굴을 위해 비굴해서 넘어지지 않았음을
저 깊숙한 뿌리 따뜻하고 청청한 수분과
저 높은 하늘에서 비치는 따가운
사랑의 햇살을 오래 기억하리
꼿꼿이 풀잎으로 불어오는
바람 맞지 못하고
바람에 밀리듯 먼저 넘어져
바라다보는 푸르디 푸른 하늘 비집고
몰려오는 먹구름
우리는 무엇을 위해
흔들리는 모습으로 서 있는 건가
참으로 허전해 하는
허기진 우리의 진실보다 더 따뜻한
진실은 늘상 우리들 곁에 있건만
들떠 있는 모습으로 마지막 떠나 보내는
꺾여 버리지 못하는 우리 모두 풀잎새보다
나은 것 무엇 있겠는가?

우리들 어깨에 걸터앉아
무심에 졸고 있는 여유 하나 없는 삶을
허락해 준 하느님 그대를 위해
우리는 축배의 잔을 드리리라

살아 있다는 것은 얼마간의 여유일 뿐
아름답다고 말 못하고 서럽다고 말하는 것은
많은 사람들의 웃음거리일지라도
나에게 허용된 진실이라고
행위와 생각은 늘상 물 위에 기름 돌 듯
이빨 물려 돌아가지 못하는
모순
그것이 삶이라고 생각하는
장난 어린 것일까
이젠 모든 것으로부터 자유 자유롭고 싶다
남아 있지 않을 부피 없는 삶을 후회
결코 하지 않고
내가 남긴 기름때나 흔적들을 고이 거두어
밀려 불어오는 바람에 날리고
바람처럼 왔다가

어둠에 묻혀 그냥 가고 싶다
자라나는 아이들아
큰 꿈을 꾸며 살아가는 허기진 어른들아
이러들 저러들 못하고 살아가니
늘상 후회 아닌가
이빨 자국처럼 생생히 남아 있는
살아 있는 자취를 맑게 지워 버리고
가야 하지 않겠는가
그러나 얼마간 기억하고 싶은
남겨 두고 싶은 이들 이 땅에
남아 있음이 서러운 일 아닐진대
오늘은 1991년 5월 12일

날 안아 주세요 무섭지 않게
강요하지 말고 그냥 버려 두세요
'한국의 민중극' 채희완 임진택 지음.
'현대 문학의 포옹' 송재영 평론집.
'국어 연구 어디까지 왔나'
'여성 1' 창작과 비평사.
위대한 여성들이 남녀 동등을 외치며

책꽂이 속에서
체류탄과 맞물려 화염병을 던지며
명동 성당과 을지로 2가 질서 정연한 거리를
무질서로 몰아넣으며 달려나온다.
'찔레꽃 붉게 피는 남쪽 나라 내 고향'
'언덕 위에 초가 삼간 그리웁구나'
육자배기 잡가나 부르고 있을 그리운
모가지 날아간 여기자 남편 이노형
청진동, 경복궁 그늘 드리워진 조선 5천 년
뜨락에서 보안부대 이병에게 잡혀
문초 당하던 그때가 언젤런가
가야산 기슭 묻어오는 바람 소리
들뜬 밤안개 그늘에서
몸 오싹하리만큼 죄여 오는
路祭(로제) 지내는 어린 혼령이 빗발되어
뚜벅뚜벅 산자락 적시고 있다.
어깨와 어깨를 맞대고
풀어진 다리 곧추세우며 바라다보는
산기슭 아랫마을 흘러나오는 불빛
그 속에서 신들리듯 밀려오는 바람 맞으며

번개 번쩍이는 세상의 광기를
예감하고
하늘과 땅의 뜨거운 만남
그 속을 사람들은 너무나 다른 모습으로
비에 젖고 있다.
다들 없다는 일상도 바로 곁에 있고
실로 착하디 착함도 손닿을 만큼 가까이
있음을
우리들은 왜 다들 모르고 있는 걸까?
싸늘해진 먼 산자락 어둠 흔들어
일으켜 깨우고 둥우리 튼 산새들 모두 깨워
살아 있는 우리들의 모습
그대로 보여 주어야지

밀려서 밀려와
서서히 일어서는 산자락
투명하게 나뭇가지 사이로
덜어지는 별똥별 꼬리를 바라다본다.
잠을 이루지 못하는 밤이 깊어질수록
산들의 윤관 더욱 또렷해지건만

내일과 어제가 뒤섞이고
운명이 엉켜진
연약하고 착하디착한
사람들을 생각해 본다.
무서워져요.
무슨 얘기라도 해주세요
나뭇잎에 황홀하게 내려앉은
타오르는 불빛 출렁이며
산들은 합창을 한다.
이 골짝 저 골짝 나뭇잎새
피아노와 첼로 비올라 오케스트라의 협음
사이로 우리는 빠져나와 거친 숨을 몰아
너무나 편안한 가슴에 멀릴 묻고
생각은 이제 끝

구름을 잡으려 눈뜨면 바람이 잡히고

1. 역류천*

어둠을 밝다고 말하고 밝음을 어둡다고 말하고 또 자꾸 말하고 이것들은 끝내 강이 되었다. 우리를 실어 온 역류천 문천 모래알 금빛 모아 금관 만들고 유리빛 모래알 골라 곡옥 만들고 은빛 모래알 쌓아 한자나 되는 긴 은수저 만들어 우리들 아이가 새끼줄 쳐놓고 모여드는 구경꾼 내쫓고 역사학보에 건져올릴 역류천 모래알 밤낮 동으로 서로 쏠려 가고 있다.

이 땅과 하늘이 맞닿는 곳 삼발같이 긴 머리카락 날리고 떠가는 구름 잡으려 눈을 뜨면 바람만 잡히고 구름 머문 곳엔 하늘만 가득 차고 강남 갔던 제비 문천 물갱빈에 무재비하고 있다. 이 땅에 나라가 서고 우리는 땅 속 깊숙이 묻힌 항아리가 되고 곁에 삭은 청동칼이 된 뒤부터 시간에 갇히기 시작했다. 영원히 나오지 못할

곳으로….

부옇게 흩어지는 달빛 아래 역신 범하지 말지어다. 거룩한 비애는 순 결이느니라. 당하지 않고 당할 자 있거든 나오라. 감히 역신 범하지 못할 낮과 밤이여.

2. 여근곡*

　정조를 잃어버린 여자처럼 드러누워 있는 음부에 샘은 늘 솟아나고 관광버스 차창으로 던지는 무심한 돌작난에 맞아 아랫도리를 벗고 있는 이 나라 역사의 창녀성. 지나가는 무책임한 사랑에 왕관같이 빛나던 순결은 고사리 손 흔드는 난질 간 계집. 마을은 비고 음모처럼 자라나는 시간 속에 꿈틀거리는 샘물에 더러워진 손을 담그고 일어서면 하늘의 구름도 털고 일어서고 개구리 울음 소리처럼 세상은 시끄럽다. 우리 모두의 피가 소용돌이치고 돌아가는 아화 산모롱이에 걸려 있는 역사. 이젠 떠나지 말고 죽어도 이 땅을 지키며 살아가자. 허벅지 위를 지나가는 세월의 소리 우리 다 함께 아파하자.

*역류천: 반월성을 끼고 흐르는 개울. 전설에 개울물이 거꾸로 흐른다고 전하고 있다.
*여근곡: 『삼국유사』 권1 선덕여왕조에 기록에 의하면 현 경주군 아화읍 '부산' 중턱에 위치함.

제 6 편

종이나발

그림자

언제나 나와 같이 땅에 발을 붙이고 술 취한 인내를 마음껏 흉내낸다. 너와 내가 지나간 자국의 밑바닥에 바람이 자면 주정꾼같이 전봇대를 오르고 고층빌딩을 꺾고 나를 뒤틀어대는 저주스런 폭력배 그러나 너를 잊어버릴 땐 온통 허전해진다. 소리가 죽고 빛도 죽은 술 깬 뒤의 허전함은 두렵도록 멀고 먼 이 세상의 깊이. 너는 언제나 늦은 밤 주정꾼 같은 모습으로만 나에게로 와 내 인내의 밑바닥을 엎어버린다.

여름밤

하늘이 울고 그 울음 사이를 수영하는 귀뚜라미의 젖은 눈은 굴절된
나와 어두운 인식의 오랏을 긁고 있다.
밤의 용병, 고분에서 메고 나온 살촉을 목에 걸고 비행하고 있다.
유성의 폭죽이 터지고 있다.

십자매

흰 부리 낙엽물 들어
쉰 목소리로 겨울을 부르고 있다.
투명한 눈은 어항이다.
열대어 얼음 속을 수영하고
가느다란 발톱에
늦가을 햇살이 눅눅히 배어들고 있다.

종이나발

엷은 종이장을 울린다.
가을빛 소리.
소리는
들판을 가로질러
청남빛 카펫트에 주저앉고
난이 된다.
사슴이 된다.
아름다움만 낳은
종이 나발은
바람에 날아
뚜우—
소리만 남긴다.

—『현대시학』, 1978

인생

올 때보다
돌아갈 때 늘 가까운 길
과거는
미래보다 가까이 있어
모든 것 다
과거라는 되돌아가는 길목에
두고 가는가 보다.

겨울은 가고

하늘이 조금씩 흔들리고
기지갤 켜며
산들은 일어선다.
풀어진 새벽 별
뿌리 없이 떠돌며,
봄밤을 울리고 있다.
어머님의
듬성듬성한 머리카락
사이로
베르호얀스크 밤바다가
보이고 있다.

—『매일신문』, 1982

눈

젖앓이를 하는
초생달 한 닢
거울 속 깊숙이
황달 들린
어린 한국 아이들이 울고 서 있다.
투명한
그들 눈엔
응집된 나사렛의 눈물이 있다.

6.25

아이들 사이로
울면서 떨어진 햇살
그 해 떠나 간 바람은
다신 돌아오지 않는다.
우리 모두의 숨결은 식은 땀 되어
한국 아이들 가슴에
고이고 있다.

공원에서

공원에 가면 창살 안 원숭이들 눈이 오나 비가 오나 이를 잡고 사랑을 잡는다. 하늘을 타며, 나무를 타며, 일요일 사람들 찾아오면 가려운 털끝 뽑아 하늘에 날리고 눈엔 가득 빨간 구름 담는다.

—『현대문학』, 1983

무죄

계절은 늘 소리 없이 지나간다.
허전한 마음에 늘 바람 불어오지만
때가 되어도
돌아가고 싶다고 말하지는 않겠다.
바람 소리만 들리는 이 세상에
없던 내가
바람밖에 더 무엇이 되겠는가
이런 허전한 마음으로 그대,
그대는 와 두 손 고요히 모으고
하늘을 향해 살아라.

단상

주말을 지나
회색 하늘 출렁이는 가을로 가면
변성기를 갓 지난
멧새가 울고 있다.
하늘의 무게로
들판 한 모서리는 쓰러지고 있다.
맴을 도는
물방게.
세월이 무너져 내리는
물보라가 일고 있다.
나의 유년기에 잃어버렸던
멧새의 울음
저어기서 나를 놓아주지 않는다.

비엔나 숲속의 이야기

연미복에 숨었던 얘기들이
어느 날 나에게로 한국식
노래를 하며 느리게 왔다.
비엔나는 나의 고향이에요.
비닐 창살에 바람자는 날이면
우리들 얘기가 시작되죠.
Alps 산속의
자유로운 망나니가 되어
비둘기를 날리고 흰 구름을 그리죠.
그러면 평온해진답니다.
세 마리 비둘기 하늘을 날아
연미복 속에 깃을 털고
저녁엔 베아레스 꽃잎을 먹죠.
동전을 세며,
무대엔 한국소년 바이얼린 베고 잠에 든답니다.
비닐 창살은 계절을 포기하고 울고.

—『현대시학』, 1979

기우제

사당패 산에 올라 낮 뜨거운 불을 지펴 두 손과 입을 묻는다. 북천에 전을 펴고 서해로 갈까 동해로 갈까? 돛도 없이 깃도 없이 치마저고리 벗어 덮어쓰고 불길 같은 하늘로 올라간다.

안개

허기에 찬바람이 하나 울고 있다.
손톱눈 늪을 지나면
한 발 앞서 간 이의 잊은 뒷발꿈치
밤에 떠오른 바다가
아침으로 건너고 있다.

—『현대시학』, 1978

초겨울 어머님께 드리는 글

떨어져 눈이 된 그늘
장작불 지핀
손마디, 마디
가슴을 열고
창 너머
남극의 하늘이 지고,
한국 아이들만 볼 수 있는
별이 있다.
다듬질 멈춘
들판은 외로이 가고
밤새 다 비운
창턱에
새벽이 오고 있다.

—『현대시학』, 1978

봄

얼음 녹은 강물
송사리떼 등지느러미 흐름을 잘라
모였다 흩어져 내리는 구름은
물 속에 가라앉아 녹아내리고
강둑
모닥불 지핀 자리에 파란 분수가 흩어져 눕고
—지난겨울 마신 독주의 주기가 관자놀이를 치고 있음—
나들이 처녀들 가슴
송사리떼 등지느러미 내밀고 헤엄질한다.

—『현대시학』, 1979

산비둘기

망우리 묏봉우리 울리던
네 울음 서나서나 져 버리니
올 해가 머물다간 도래솔 터기
네가 딛고 있는 발자국,
발자국은 하늘은 날고
가끔은 찾아와 소리치는
산비둘기
대명동 동구 어귀 울리던
산비둘기 울음
넌 새가 되어
새가 되어…
날다가 날다가
내 곁에 와 떠날 줄 모르는 것 마냥

—『경대신문』, 1978

승선

곁에는 강이 흐르고
청람은 배알같이 굵어,
굵어가는
복숭뼈

겨울이 있는 나뭇 숲속에
어둠을 먹어 대는
땅에 진 그림자
입덧을 치룬 그의 얘기다.

어둠은 지고 있다.
거부하는 뼈마디 소리
자취를 토해 내고 있다
자취를 토해 내고 있다.

—『현대시학』, 1977

이별

목 놓아 울지도 못할
설온님
설온님
보내옵고
날샐까
시린 눈두덩만 어루만지네

기일

여위어진 창살 사이
황혼이 스러져 내리고
울면서
지나가는 소년이
투명한
바닷 속을 수영하고 있다.
제상 위에 트림하는 구운 굴비
두 눈이 충혈된다.
두 눈이 충혈된다.
여윈 창살 사이
황혼이 스러져 내리고 있다.

문둥북춤

문둥아
문둥애이
보리 문둥아
시오월에 왔다 갈 것을
와 왔노

가을에 내리는 비

떨켜 자취를 씻어 내리는
가을비는 데릴라의 흰빛 살점이다. 소낵 골짜기를
무너뜨리는 이름 없는 울음이다.
밤새 삐걱거리는 연자방아
당신의 땀처럼 진한 금잔의 포도주
털걱거리며 지나가는 나귀뼈 같은 가을의 자취

칼싸움

휘고
저엇고
휘고
저엇고
휘는…
어둠만이 아는 수작들
에헤이야
둥게나 방하헤야

동화

이마보다 높은 앞산이
겨울비에 씻긴다.
갈색의 크레온으로 엉갠
가슴과 샅에
장마가 지나가고
두 개 남은 이빨을 한 어머님 두 눈엔
해가 기고 있다.
삼밭 건너 채전에
종이 배추
하얀 눈에 익어가고 있다.

늪

파아란 별빛 진 자리
남극의 하늘이 떠오른다.
베아레스 꽃잎
잠들다만 천년의 늪.
한 마리 풀무치
은하기로 가고 있다.
바쉬져 떠오른 달이
발아래, 깊숙이 박혀 얼고 있다.
남극 하늘
풀무치 한 마리
밤하늘로 날고 있다.

—『상상력』, 1980

폭포

물꼬에
개밥풀 지는, 지는 행렬
어허럼차 어홍, 어허럼차 어홍
못자리에 핀 그대 얼굴
솔숲산 수풀 언덕
멍에풀 베고 누운 그대 얼굴
물꼬에 지는 물살
하늘이 내린다.
하늘이 내린다.

월야

「나뭇가지 돌 끼우기」
「나뭇가지 돌 끼우기」
봄바람이 얼어붙어
잠 못 들게,
잠 못 들게 이를 간다.
사타구니에 끼인
몽친 이불
몽친 이불

—『현대시학』, 1977

요금별납

저녁노을이 내리면
우스운 바람이 일어
나무 가지를 훑고
전신주를 훑치는
수군거림
세월이 갈수록
요금별납의 편지처럼
번지도 제대로 찾아들지 못하는
어수선한 인생살이

해선장에서

하늘에 난 손톱자국
더듬으면 아직 깊이를 느낄 만한
그리움들
선달네 손녀
썩은 사과 후비던
여윈 손가락의
따뜻함은 체온으로 남아 있고
양키 마누라 되어
미주리로
미주리로
가고…

—『조양문화』, 1983

막달라 마리아 혹은 나의 어머님

산이 돌아눕고 호롱불 젖빛으로 되살아나 허기진
달빛 너머 새벽이 오고 있더라. 빈 가슴 깁을 대며,
우는 울음, 때가 되면 별빛 되리라.
밤색 보선 鳶(연)을 접어 안개 빛 가슴속에 날리고 있더라. 왼 종일
한국 아이들 몸 팔러 나간 엄마를 기다리고 있더라.

도시

내 슬픔이 있는 곳으로 가기 위해 사랑을 지우고 있어요.
거리로 나가 북을 쳐도 언제나 당신들 가슴에 머물러 있어요.
눈을 감고 당신 곁에서 지나가는 이들 이름 부르며 북을 치고
있어요.
당신들을 자꾸만 닮아가고 있는 나는 이젠 나를 버리고 있어요.
슬픔은 조금씩 흔들리고 있을 뿐.
내 진짜 이름을 불러주세요.

—『현대시학』, 1983

살아 있는 곳

별빛 모두어
동녘 창살 틔우며
자꾸만
탄생하는 아침들.
자난 밤
불빛
안개 아래 찰랑이는
알 수 없었던 것
살아 있는 곳
길거리에는
별들이 모였다가는
하늘빛으로 지워져 내린다.
알 수 없는
그런 빛깔로

—『현대시학』, 1981

고산식물

산들이 불러 모은
열매 망울
꽃 필 무렵
바람으로 유성이 다가온다.
낮이 지나 악몽들은
그네나 뛰다
쌍방울 흔들고
낭떠러지로 날아
날아
익은 열매 꽃 이루는
꿈이나 꾼다.

바보야

지지 않은 그림자 무덤 속에 누운 사신 머리에 천년동안 스러지고 자빠진 잡초 그루에 당초가 펴있다. 살아서 무덤 속에 들어 마누하님 만나 뵙고 보니 닷냥 목걸이 서돈 반지 누르게 살쪄 굿거리장단 맞춰 춤을 추네. 대구 중앙통 무덤도 많아졌네. 살을 꿰는 귀고리에 밤이 잠긴다. 다시 깁고 입힌 상자 속 바보 마누하님 누웠네. 자빠지고 늘어지는 잡초 그루에 바보가 누웠네.

—『현대시학』, 1979

아단산성 (1)

목선 하나 자취 없이 강오르고
개똥불 나르는 능선은 쓰러져 내린다.
그대 가슴에 담긴 여름밤
칠월하늘로 다북쑥 봉화연기 흐르고
밤하늘 그대 사랑 안고 별자리 된다.
강따라 흐르던 계절은
밤벌레 울음 속으로 숨어 버린다.

능선에 기운 쪽박달
밤을 우는 밤벌레 울음, 울음
반달 트레머리 틀어 하늘을 울리고
밤의 목에 찰랑이는 강물 소리,
소리는 들판에, 산에 내린다.
칠월이 저물면
목선 하나 소리 없이 강 오르고
개똥불 쓰러지는 그대 하늘로
울음으로 밤은 젖고 있다.

—『상상력』, 1980

아단산성 (Ⅱ)
—장욱진 화백에게 드림

까치가 우는 아침
달이 떠오르고
하늘에서
오신다.
안개속, 아이들 집을 나와
자유로워진다.
온 세상 아이들
아침 까치 소리 들으며,
하늘로 간 뒤
아침은 다시
햇살되어 다가온다.

뱀과 거북
—경주박물관에서

삼열(森列)한 사립 울 너머
달빛 내리고 있다.
흰 적삼 벗어 베개하고
치마 벗어 가리운
가린 봉창

뱀이 안은 항아리
맨봉당이 반질반질
둥실 넙죽한 신라의 아담
어둠을 먹고 있다.

하늘의 별자리
버선 벗어 가리우고
뱀이 안은 항아리
홑이불 위로 구르고
굴러 겨울이 다 가네

소깝 태워 덥힌 봉당
어둠이 다 익는다.
치마 벗어 가린 봉창
달 그림자 비껴 간다.

처용

처용단 선남선녀 이는 파랑 내려본다. 지신 정기 용신 정기 받아 오신가면 쓰고 신라 거리 걸어간다. 사악 거두어 간 사릿들 합으로 밤이 깊다. 토함산 넘어 서악 땅 밟은 처용 아바. 오방위 잘못 들어 만난 역신.

아도를 만남

삼마(三摩), 어둠 짙은 가슴에
초승달 한 닢 베껴
하늘색 물감 먹여도
어렸다 지워지는 사랑아
아흔 아홉 큰 달지는 새벽
설법.
어려 있는 계림 숲엔
잿빛 눈이 오고 있다.
언제부터 너는
천경림 나비되어, 긴 겨울
날아오는가

—『죽순』, 1981

바소(婆蘇)

동해 파도 소리가 선도산 줄기에
멍멍히 울린다.
열두 폭 치맛마자락
한국의 성모 마리아
서악이 밝아지고, 금으로 뿌려진 시주 텃자리
마애불, 머리 위
주귀밋들 겨울 까치떼
목신 뜯어먹고,
뜯어먹고
해 떠오르는 동악 하늘로 가고 있다.

탈놀음

곤두박질하는 횃불 아래
천년이 바람과 함께 오고
갓전 아래 무수히 많은 흰 물새가 떨어진다.
달빛은 물 항아리에 어둠을 낳고
닫힌 문은 쉽게 열린다.
맨발로 울고 서 있는
달빛은 기울고
열매 없는 상수리나무는 잠에 취해 있다.
화하지 못한 뱀 한 마리 잠을 설치고 있다.

—『상상력』, 1980

영천 주남들

조각 이불 속
깊숙이
화석되어 굳어진
우리 할배 발자국
손 깊이 넣으면
굵다란 핏줄 뛰는 울림
왼 가슴 울리는 소리
금호강에 어리는
홰나무가지
세월의 바람소리
골골이 파인 홀쩡이 자취
운명의 낙인
들녘에 퍼지는
어머님 목 메인 음성

—『조양문화』, 1983

476   이상규 추억시집: 에르미따

족보

콩데미한 한지 위에 손금처럼 얽힌 핏줄, 13세 만경현령 할배 청백리 손자 낳고, 돈녕부 홍문관 교리 할배로 이어지는 엄숙함. "야야 니는 아무리 춥고 배고파도 청렴히기 살아야 된데이" 차당실 뒤 솔밭에 이는 바람소리. 책을 덮고 눈을 감으면 도열해 있는 연인들. 못난 날보고 꼭 저어 할배 닮았다고 얼리며, 꿈을 먹고 살아가시던 어머님. 손끝이 아리는 그리움은 운명의 낙인되어 내 아이 가슴에 숨결 되어 퍼지리라.

노예

하늘 높이 올라
내 눈 구석구석 꼭 찰
이승의 모습을 본다.
방향 없이 돌아가는
강강수월래
마음은 달빛 되어
얽혀 있는 깊은 이승의 인연들
빈 껍질 속에 틀어 앉은
허상들
타성으로 이 세상
헤매는
달빛은
발바닥에 밟히고 있다.

판화
—맏아이에게

근이가 앉아 노는 귀 낡은 이부자리는 아르비안 나이트의
요술방석인가 커닝햄의 무대인가

낮은 베갤 베고 누워서

하늘 저 너머 우주의 심상이 조금씩 칠강되어 이 땅 한 모서리에
내려와 앉는 모습을 본다. 항공기가 날고 근이의 상상력이 나는, 한방
가득 펴놓은 이부자리에 한 여름 장마 기운과 허리의 요통이 먼지처럼
날아와 앉는다.

굴절되는 투명한 안경에 흰 눈이라도 덮여 버렸으면 나는 근이의
멋진 친구가 될 수 있으련만…

시방 우주의 체적은 끝없이 바뀌고 있다.

—『대구예술』, 1984

벽화 (Ⅱ)

하늘 나는 노루떼
먼지바람 하늘안개
깊숙이 패인
세월의 혼적
손으로 더듬으면
돌아서서
몰아쉬는 한숨소리
들판에
떨어지지 않는
낮달
널 하늘로 보낸
비바람 천둥번개
우는 울음소리
피테칸트로프스
그대
세월 밖으로 나간 뒤
혼적은 자꾸 되살아난다.

강쟁이 다리쟁이
―놀이패 '한두리'에게

　땅속 더 깊이 깊은 곳에 하늘 높이 더 높은 곳에 머리를 대밀어 발을 대밀어 더 넓어진 이 땅에 사람들 살자 하고 웃는 체 우는 울음 큰물 되어 지리라. 머리에 난 상채기에 모래춤 바르고, 닳아 빠진 손톱자리 흙 바르던 시절 한없이 지난 오늘 둑 터져 씻겨간 모래판에 나른하게 지는 노을 머리로 대밀은 저 하늘 발로 굴러 대밀은 이 땅 끝없이 어지럽게 흩어지는 풍물소리 우리는 언제까지 이렇게 모래 성을 쌓아야 하는 건가

골목길

내 의식의 고귀한 만남이 있는
이 도시의 후미진 골목길을 가고 있다.
끝없는 운명의 통로,
그 길은 우리를 갈라 세워 놓고
무심히 그냥 흘러가는 강이다.
노바킹 약기운이 내 몸 속에 퍼지고
베껴낼 수 없는 설움이
낮은 목소리가 되어 퍼진다.
이 길을 가는
무심한 마을들을 만나러
어느날 갑자기
이 도회지를 떠나버리고 싶다.

제
7
편
에
르
미
따

에르미따

에르미따 1

삶은 주술이기도 하고
만들어진 운명의 푸대
피의 섞임으로 지배받는
탄압이기도 하고

버림받은 운명은 지워지지 않는
신내림인가?
내가 만든 것도 아닐 테고

마닐라 시가지의 우수처럼
타갈로그어가
스페인어로부터 일본어와 영어로 이어지는
버림받은
운명이기도 하고

사랑도 중독이지만
사랑하는 것 또한
주고받음 모두 한가지로

중독이기도 하고

착각 속의 사랑이기도 한
혼돈의 핏줄기
호세Jose는 그것을 미리 알고 있는
역사의 기술자

*에르미따(Eremita): 필리핀의 국민 작가 프란시스코 시오닐 호세의 장편 소설의 제목인
동시에 주인공 창녀의 이름.

에르미따 2

더럽혀진 피는
개울물 흐르듯 운명으로 흐르고
차별이 외설이 되고
부유하고 이기적인 역사가
더러운 피가 된다.

열 오른 푸시(Fussy)가 돈이 된다.
명문 로호가의 여인들

불륜과 섹스, 스캔들
이 모두 차별성이 있다.

붉게 홍조를 띠는 외설은
짓뭉게 질수록 더 홍분된다.
그래서
눈물 없는 시원한 도덕이다.

에르미따에 대한 나의 연민
자선 또는 양심의 회복일까?

속죄한 뒤안길로 다가올
천국의 문을 두드리는
기도인가?

나는 알고 있다.
운명적으로 짓밟혀야 하는
자연 바깥에 있는
인간의 무자비함이
외설이다.

에르미따 3

찔린 창끈의 예리한 유혹으로
섹스를 꽂고
홀리는 핏물로 출렁이는
역사를 기록하고

에르미따의 모모가 겹쳐진
다양한 국적의 사나이들은
필리핀 좌절의 역사다.
아시아의 슬픔이다.

로호 가문을 떠받드는
허위를 장식하는 부와 권세
그 틈 사이를 파고든
예리한 창끝은 피로 적셔지고
눈물로 잉태한
저항이다.

저속한 외설 속에

늘 진실이 남아 있다.
무참하게 짓밟히는
거친 숨소리로

에르미따는 늘 새롭게 탄생한다.

에르미따 4

타갈로그 모국어를 삼켜버린
그대의 혀와 입속
스페인어와 일어와 영어
언어가 언어를 살해한다.

그녀의 것은 모두 잃어버렸다.
조국과 어머니 그리고 삼촌
타갈로그어가 비켜선 자리에
그래도 그런 지나간 추억이 있는 한
그녀의 삶은 영원할 것이고

그런 지나간 일을 되돌아보는 일 또한
인간만이 할 수 있는 일이다.
또한 사랑도 그렇다.
우리들 모두 인간이기에 할 수 있는 사랑이
어떠한 것인지 한번쯤 그려보자.

급소 깊숙이 박혀 있는 가시
제국주의의 높은 유산
그대는
연약하고 애처로운 에르미따
아시아의 어두운 그늘이다.

에르미따 5

눈물샘이 자꾸 말라 들면서
자꾸 세상의 말을 들으려고 한다.
곰팡이가 득실하는 눅눅한 장마철
바이러스성 비염에 걸린 후
숨은 쉬지 않고

자꾸 책만 읽으려고 한다.

언어를 잃어버린 지
제법 오랜 시간이 흘렀는데도
영어와 뒤섞인 필리핀의 말소리와
책 속 문자에는 우리의 과거가
다 증발해 버리고 없다

언젠가 우리가 나는 이 심각한 언어가
암각화처럼 바위에 갇혀 버릴
미래는 이미 정해져 있음에도 불구하고
그대 연약한 손가락으로
세월의 언어를 후벼내고 있다.

살아가는 일이란
늘 그렇게 텅 빈 것이라.
오늘 살아가는 언어가 어깨를 비비며
풍장을 치르는 곳
자신의 텍스트 안에 거주하는
언어의 살림을 차렸던

어둠과 먼지와 습기로 밀봉된
몸 파는 기억은 지나 간
오늘의 현주소일 뿐.

사라지는 것은 섬광같이
기억으로 화한 낙인이 되었다.

에르미따 6

기억이라는 것은
유통 기간의 횡포라는 것이 없다.
욕망의 전율하는 풍경을 증언하는
유품이 보관된 이유 하나로
거침없이 어둠을 향해 내달리기도 한다.

현재는 영원하리라는 믿음의 착종으로
놓쳐버린 오랜 열망과 꿈들이
구원받기를 기다리고 있을지도 모른다.

평범한 사람이
한 시대에 상처받은 채 좌절한
그 패배는 부조리하고 탈골된
언어 탓이다.

잃어버린
타갈로그 말, 세부아노 말, 일로카노 말, 비샤인 말
곰팡이나 부식된 습기에 뒤섞여 있는
혓바닥이 굳고 구강이 봉인된
USA

욕망의 타글리시 말로 살림 차린 후광은
엇갈리고 충돌하는 언어가
어깨를 비비며
먼지처럼 흩어지는 죽음의 순례자.

아시아는 사람이 만든 마지막 남은
위대한 순례지이다.

1953

1. 추억

지금도 더듬으면 아직
깊이를 느낄만한
내 얼굴에 남아 있는 손톱자욱
해선장터 주막집
선달래 손녀 아비 애미 없는 설움으로
장터에 버려진 썩은 사과 후비던
뽀얗고 길다란 여윈 손가락
따뜻하던 그의 체온은 아직
내 얼굴 손톱자욱에 고여 있는데
세월 지난 지금
양키마누라 되어 택사스주 하늘 아래서
검은 선글라스 끼고 느끼는
온 몸으로 퍼져 오르는 행복은
늘 어둠되어
태평양 하늘 건너 밀려오고 있을께다

바라크 가교사 건물에서
가갸거겨를 배우며

책상 반토막내어 선을 치고
넘어 오는 연필, 지우개 모조리
빼앗고 뺏기다가
몽땅연필 심뿌르기에
코링, 코링 연필
당해낼 자가 없었지
미제, 미제의 위대함을
U.S.A. 코링 연필 지우개는
인쇄된 역사도 지워낼 힘을 가졌다지
그뿐인가
배 고픔에 허덕이는 우리들에게
미국 하늘에서 공수해 온
무상원조물
강냉이죽으로 한국 아이들
공복을 메꾸어주고
강냉이 빵에 굳게 찍힌
미제 복제품이
지금도 이태원 노점상에 즐비하잖은가
외국인 팔뚝에 매달려 가는
한국 여자들 가슴팍에도

선명하게 찍혀 있지 않은가
심 굵은 코링 연필 한 자루와
심 잘 뿌러지는 국산 연필 여러 자루와
맞 바꾸는
여인의 거친 숨소리는
태평양 건너 바람되어 일고 있잖은가

2. 전쟁동이

무개차 군용 짚차가
먼지 바람 일으키고 지나칠 때
검게 익은 개멀구는 분이 피고
내 입두덩은 늘 검게 물들었다
논두렁 후비며 국수가락 같은 미모싹을
잘근잘근 싶노라면
늘 어둠은 허허하게 밀려왔지
미군 기지촌 뒷산 털어 군불때고
산나물 뜯던 손으로
미군 카키군복 빨아주고

소물소물 피어오르는 저녁 연기에
물래 훔쳐온 미제 버터에
꽁보리밥 말아 먹어
풋된장국에 익은 입맛
미제 시레이션에 젖을 무렵
우린 반쯤 미국인이 되어갔다
그 무렵
기지촌 미국 친구 케리는
점령군 대장처럼
한국아이들 내려다보며
미국에서 공수해 온 바나나를 먹고 있었지
어느 날 반미인 케리는
양공주 엄마 손에 매달려
인사말 한 마디 남겨두지 않고
한국을 떠나고
우린 여전히
철 지난 장다리 무우밭에서
노랑나비를 쫓고 있었다

남포불 빛 아래 뚜걱뚜걱 이를 잡고

윗목에선 미제 구호물 옷 줄이는
밤이 오면
배급 받은 U.S.A. 마대자루
우유가루
도시락에 익혀 먹던 날
설사로 온통 하늘은 몽롱했지만
우린 반쯤 미국인이 되어
반미인 되는 줄 몰랐지
머리에 덕지덕지 퍼지던 소버짐
미제군용 약 쳐바르고
45년 세월 흘렀는데
풍문에 돈 많은 놈들
미군촌 골프장
입장권 구하려
살던 집도 내주곤 한다더군
도대체 한국놈 매너가 없어
추저워 국민성이 되먹질 못했어
누워서 제 얼굴에 침뱉는 놈들
꽁보리밥에 풋고추 찍어 넣던
아가리에

치즈에 숨죽인 파세리나 쳐넣고
반쯤 미국인 되어 가는데
된장국에 저녁 노을 건져
꽁보리밥 먹던
우리네 발 놓을 곳 어디란 말인가

3. Great America

가슴팍을 파헤치고
속살 들어내
검은 선글라스 끼고 외제차에 실려
부루진 청바지 내리고 몸을 섞어도
눈물 한 방울 없는 사랑일께다
한 많은 역사 갉아 먹다
전출 명령에 튀밥 튀듯 달아날
털이 부슬부슬 난 그놈의 팔뚝
굳게 잡아도
대한 무역적자 대신에
니네 아가리에

양담배 쳐물려주고
심 굵은 코링 연필로
니네 가슴팍에
선명한 사인 남겨두고 떠나 갈꺼니
오끼나와 기지로
떠나 갈꺼니
마지막 저녁 초대
양주에 젖은 가슴
영원히 삭지 않을 망울되어
남을께다

하늘 목밑까지 철조망 드리워진
캠프헨리
『접근발포 U.S.ARMY』
바람에 흔들려 반쯤 떨어져 나간
경고 표지판 넘어
눈이 푸른 미군들은 늘
한국아이들 꿈을 씹고 있다
철조망 아래 웅크려
"헬로우 쩡껌" 외치는

그 소리는 긴 장마비를 몰고 왔고
어두운 난민촌 골방 벽엔
셸르민트 껌이 똥이 되도록
붙었다 떨어졌다 되풀이 되는 동안
장마비는 켐프헨리 철조망을 비켜
걷히고 있었지
그 시절 나는 푸른 하늘에
은하수를 띄우고
가갸거겨고교구기를
그리던 망망한 손짓을
아직도 멈추지 못하고
씹히지 않는 꿈을 깨물고 있다

4. 나의 국민학교 동창생 '오태식'

나는 한국아이예요
6.25 이듬해 잿빛 하늘이 낮게
깔려 있던 날 오포 사이엔 소리는
어린 나의 잠을 흔들어 놓았어요

기지촌 철조망 너머
우리의 안전을 지키러 온 그들
푸른 눈동자 속에
흘러간 째즈음악에 어깨를 들먹이고
보숭보숭 털이 난 억센 팔뚝을 잡고
"헬로우 찡껌" 외치면
발 아래 던져 주는 셀르민트 껌으로
잇발 사이 끼인 누런
개떡 찌꺼기를 걷어내며
잿빛 하늘 사이로 간간히 드러내는
1950년의 하늘 바라보고 있어요

나의 국민학교 동창생 오태식
가교사 건물에 기대어
고약하고 무서운 이야기를
잘도 꾸며대던 그 놈은
아이노꾸
지 애비 닮아 힘 잘쓰고
거짓말도 잘하더니
미장이가 되어

제가 자라난 고아원 자리에 들어서는
사우나탕 여관 벽돌에
자라난 추억을 찍어 바르고 있다
오랜 세월 지나서 만난
대폿집 창밖을 내다보는 그의 눈빛은
강냉이 죽처럼 퍼져
우리네 슬픔 씻어주지만
구호품이 떨어지고
아비 애미 튀밥 튀 듯 달아난
긴 세월 우장 같은 옷 접어 입고
용케도 기나긴 겨울 끌고 왔는갑다
어디가 제 나라인지도 모르면서
사우나탕 벽돌담에
지나온 추억 찍어 바르다가
외화 벌러 사우디도 다녀왔단다

5. 사하라 태풍

"이승만 대통령 우리 대통령"

대통령 찬가를 배우던 옆짝이
어제 오후 금호강 강변에서
매몰된 포탄 터져 가루가 되고
교실 구석 빈 탁자 의자 실려나가고
교육구청에서
폭탄물 전시회를 가질 때
참으로 갖고 놀고 싶었던 예쁜
그놈들의 꼬리에는
예외 없이 매이인 유 에스 에이
총자루 개머리판에 새겨진
그 총으로 동족들은 왜 죽어야 했는지
서러운 이별의 연극은 도대체
누구가 연출한 것이란 말인가
전쟁 공포를 지탱해 주던 남포불 빛마저
반공 사이렌 소리가 삼켜버리던 시절
인공위성 같은
녹슨 폭발물 타고 하늘로 간
친구 생각하며
보리 문둥이 나온다는 보리밭을 지나
풀씨 따러 산으로 간다

산을 오른다
가을 햇살에 익은 서캐가 깨어나
땀에 젖은 오금을 오를 때
강냉이죽 진기 오른 이를
속옷 내려 터뜨리고 있었지

사하라 태풍이 몰려오고
마당에 고인 빗물로 세수하고
밤새 추석 제수 장만하던
어머니와 아버지는 붉은 완장 차고
〈기호 1번〉 이승만 대통령 후보
명함 들고
저녁 무렵 비에 젖어 돌아 오셨다
"지랄같이 공무원 해 먹기 힘들구나"
그래도 선거운동 거마비 몇 푼에
기뻐하시던 어머니 모습
저녁비에 젖은 모습이었지
우리나라 대통령에 당선되면
제일 먼저 외국 순방길에 오르는
우방 미국무성과 백악관

그때 찍은 사진이
도청, 구청, 동사무소에
대통령 초상화와 나란히 걸어놓는
이유를 이제사 알 것 같구나
도깨비 이야기마냥
세월도 얼렁뚱땅 지나가고
국기와 성조기를
꽂아둔 탁자 위에서
우호 친선을 돈독히 하는 우방임을
국어 책에서 사회 책에서
배운 것이다

6. 새벽종이 울렸네

지리산 빨지 부대가 소탕되고
"이 세상을 원망하랴 두메산골 내 고향아…"
유행가가 퍼지고
유석이 수술하러 미국 가다 죽었다는
소문이 나돌 무렵

전화에 시달린 조국은
다시 2.28과 4.19가 일어났다
마산 앞 푸른 바다에 수 발의 총성이 울고
"타도독재"의 함성 메아리 칠 때
우린 보리쌀에 사카린 넣어 볶아먹고
배급 나온
밀가루 소다에 부풀려
허기를 메우고 있었지
미국무성에선 대통령 동상 목아지를
개 끌 듯 끌어내리자
풋보리 홰기같은 이 나라 수도엔
탱크와 무장군인들이 점거하고
비상계엄령 1호, 2호…
연발하여 터지고
보리밥 대신 안남미 배급쌀 타다가
하얀 이밥에 김치 척척 걸쳐
먹기 위해 살아가던 시절
빨갱이 간첩단 사건이 연일
퉁탕퉁탕 터지고
목전에 전쟁이 터질 지경에

미국따라 월남으로
백호야 맹호야
피받이 전과 날리며 짭짤한 외화
피판 돈으로 테레비에
고속도로가 터지고 다리 놓고
땜 막고 좋은 세월이었지

"세벽종이 울렸네…"
근대화 대열에서 마구잡이
초가집도 벗겨지고 골목길도 터지고
냉장고야 테레비야
살만한 내 나라
교육헌장 선포되고
비상계엄령도 선포되고
위수령도 선포되고
그 시절 선량하던 공부벌레
김 선배는 대학 시위 주동으로
영창 저 집 드나들 듯 들락거리더니
패인되어 배따라기마냥
떠돌이꾼이 되었다는

소문 나돌고
어디 그런 사람 한둘이라야
말을 하지
미제 스몰군복 한 벌 사서
검정물 들여
세월의 땟국이 흠뻑 젖도록
씻지 않은 머리밑 때가
흰눈처럼 어깨에 내려앉고
죄없는 하늘 향해 욕지꺼리도 많이 했지

7. 맥아드 장군

보소 나아 이래 비이도(보여도)
젊었을 쩍에는 이뻤지
온갖 쉬 잡놈들 날로 보고
그냥 지내 댕기지 않았어
희방(해방)이 되고 얼매나 어수선 했소
그래도 먼지 폭삭이는 노밴(노변) 가에 앉아
장그릇에 빠진 저녁노을 건져

꽁보리밥 비벼 먹어도
우리 신랑 얼굴 한 번 치다보마
행복했제 그것도 잠간이라
깜둥이눔들 온갖 잡지랄 한다더니
그날 날로 보고
쪽재비처럼 내 젖가슴 움켜잡고
미쳐서 달려들잖소
내 신랑 장작 가쟁이 들고
그눔 대가리 후리 쳤는데
눈알 돌아간 건 내 신랑이었지
산뜸 같은 피를 품고
장닭 퍼득이듯 이 세상 떠나갔지
저 하늘 한 번 쳐다보소
죄 많은 저 하늘 한 번 쳐다보소

이웃집 무당 할매
큰 굿하는 만신이 할매
거품 물고 하소연 하는 말 한번 들어 보소
맥아드 장군 귀신 물려
고비전 만들어 신당에 걸어두고

온 동내 사람 복을 빌고
이 나라 이 땅에
안녕 빌어 온지 수십년이라
큰 굿판에 나서서
월도로 내리 치고 삼지창으로
내리 꼽아
병부, 삼재부, 재부, 구직공명부,
제살부, 명부, 이사부, 출세부
원하는 데로 그려주는
신살도 세긴 세구나
코 큰 맥아드 고비전 앞에 꿇어 엎디어
세상만사 형통하고
바람따라 물결따라 밀리는 데로
살아가는 온 동네 사람
한 풀어 주옵소서

춤 잘추고 병 잘고치고
조상 귀신 물리치고 원혼 귀신
물리치는 데 이력난 이 할매
공수하는 말 들어 보소

물에 빠져 죽은 귀신
급살 맞아 죽은 귀신
굶어서 죽은 귀신
살아 백년 맺힌 원쯔음이야
통시(변소) 앞에 개 부르기로
풀어 주지
비나이다 비나이다
군웅장군 맥아드 신령 나려 온다
후이후이
물러서라
보소 나도 길주 장백에서
화전 노릇하던 부모 잃고
그릏싸 한 서방 만나
그럭저럭 살아가다
화적 같은 깜둥이눔한테 서방 잃고
사랑 잃고
그 눔 찾아 정처 없이 떠돌다가
할 짓 뭐 있겠소
인천 앞 바다 기어 오른 양놈
내 배위로 지나 간 놈

추럭으로 서너 추럭은 될 것이제
깡통 시레이션 까발라 내듯
힘 좋은 그 놈 것에
멍던 신세
후회 한들 무엇 하리
여 남은 나의 인생
수명장수 빌어 주고
안과태평 축수하며
기망기망 살 꺼이오

8. 세월 변했지

신문 보도에 의하면
광주에 북괴 공작원이 잡입하여
우짜고 저짜고
사망자가 백명이다 천명이다 하더니
각중에 한 집 건너 술집서고
두 집 건너 사우탕 들어서고
보리밥도 못 쳐넣던 아가리에

외제 향수 쳐 바르니
눈에 뵈이는 게 없나
앞 집 여대생
영어 회화 배운다고
가슴팍 파헤치고 부루진 바지에
선물 받은 사파이어 서브 다이어
눈 내리듯 총총한 반지 끼고
8센트 비프스텍 시버스리걸 양주에
홍건히 젖어
털 부숭부숭한 젖가슴 어루만지며
영어 회화 수업도 끝나고
사랑 수업도 끝나고
남은 것은 이별뿐이라
짧은 밤 짓세우고
용수철처럼 튀 달아나는
양놈 뒤통수 바라보며
멍울 되어 남아 있는 이별의
쓰라림 대신 배운 것도 많단다
애들아 나는 한 달 뒤에 미국으로 간단다
사랑하는 친구여

사랑하는 대한민국이여
굳 바이

파나마의 노리에가가
축출되고 폐허가 된
시가지엔 아직 어둠의 그림자가 길게
드리워진 체로
총격전 속에서 사람들은 무심하게
정상적인 출근길에 나서고
연일 뉴스에는
수많은 파나마인들이
노리에가의 축출과 미군의 진군을
대 환영하는 그늘진 그들의
순하디 순한 눈자위 속엔
슬픔이 길게 드리워져 있다
12월의 푸른 하늘
느닷없이 포성이 울리는
벼개모서리에 새겨진 무늬 같은
꽃불놀이 시작되고
무참히 사람들은 피투성이가 되어

나둥그라진다
전 세계 곳곳에서 반바지를 입고 뜀박질하는
그레이트 아메리칸
언젠가
이 나라 상공을
미제 전투기 굉음을 울리며
어둠이 체 걷히지 않은 나의 창문을
흔들리라
우방국 곳곳에서 위스키를 터뜨리며
웃는 웃음 속에 가리어진 사늘한
그늘진 의미를
왜 우리는 찬양해야만 하는가

9. 변증법적 논리

주가가 유례없이 바닥을 헤매니
사무실에 출근한 과장, 계장
모조리 우거지상이라
컴퓨터에 떠오르는 주가 동향에

혼전할 때,
역시 정치적 위력은 큰 것이라
삼청교육대에 수백놈 가둬넣어뿌리니까
세상이 조용한 거로
주가도 회복되고
서민 살아가기 그만이라
없는 눔, 있는 눔
아무차이 없이 삼시세끼 밥쳐먹고
살기 좋은 세상이라
이렇기 살기좋구로 해줏으니
데모하는 놈들은 모조리 가다여뿌라.
숨죽여 있는 시간도 잠깐이라
억 하고 죽고
탕하고 죽고 하니
민심이 천심인 거로
모의 대통령 화형식이 곳곳에서 벌어지니
홧김에 확 더졸라맨 결과가
감옥행이라.
반공댐 막으려 초등학생까지
코묻은 성금모금

알고 보니 댐막지 않고
정치인 먹여살리기 급해
여기저기 숨긴 거로
불쌍타 이내 민족
아련타 바보 국민
욱하면 남침이요
탁하면 반정부로 밀쳐내니
어디다 하소연하고
엇다가 기대볼꼬

10. 그래도 니는 내핀이제

서울 올림픽이 유치되고
만불소득이라
집집이 자가용이요
백화점, 호텔 출입
인간차이 없어지니
세상천지 살기 좋은 나라
대한민국 아니던가?

이 시절 대학생들은 거리로
좇아 나오고
80년대 배운 운동 노동운동으로
환경운동으로 계승하여
후배들과 함께 엉겨
직선제 관철하니
니는 내밟고 정권을 잡아래이
그래도 니는 내 핀 아이가
그런데 이기 원 일이고
백담사로 좇아내니
관세음보살
원수를 사랑하라
민주화 이름으로
속 옷끈 다풀어 놓고
마 내만 믿으십시오
퉁탕거리며 터지는 사건
꼬리물는 부정 사건
청와대가 제일이라
200만호 제 집 사들이기 경쟁에
내 돈 내고 제비뽑기

2년 기다려 산 아파트
프리미엄이 일억이라
일억이 문제인가
땅만 사면 땡부잔데
저거 아부지 산소 파 옮기고
팔기만 파먼 벼락부자라
이코 어수선할 때
삼당이 합당이라
직일 눔, 살릴 눔하더니
니가 남이가
우리 잘해보재이
절마들 꼼짝 몬할끼다
정보, 정보
심문에 때리싼는거 한분 바라
확 잡아삐릴끼다

11. 삼풍백화점 붕괴 사건

멋이 이카노

바다에 배가 왈칵 디집히더니
성수다리 뭉게지고
공군참모총장 비행기 추락하고
세계 뉴스에 폭탄테러에 무너지듯
삼풍백화점 폭삭하더니
지하철 가스 폭팔로 수백 명
잘 날던 비행기 거꾸로 꼴아박혀
자꾸자꾸 죽어간다
역사 바로 세우다가 보니
옛날 200만호 주택건설
부실공사 땜새 배도 뒤집히고
가스폭팔에 삼풍도 뒤로 벌럭 자빠진다
검은돈 굴리는 놈은
어느 누구막론하고
가마 내비리 두지 않을 끼다
전직 대통령 한명은 저거 집 앞에서
한 명은 성묘하는 뒷목아지 거머채서
교도소에 쳐 넣으니
광주사태가 광주항쟁되고
광주항쟁이 광주민주화로

바꾸니 운동권 없는 살기 좋은
우리나라
다시 역사바로세우기 위해
청문회가 열리고 맞고함에
욕찌거리
가관이라
신라호텔 결혼식장
내 아들이 부조받아
내는 한푼도 안받았응깨
가정의례준칙 위반으로
내 아들 가다넣삐리마 안되나
다 잘된 것은 내탓이오
못된 것은 조상탓이라

장정일의 햄버거

1. 장정일의 순교

장정일의 첫시집은 햄버거에 대한 명상이다. 햄버거와 명상은 전혀 이질적인 질료이다. 색상과 본질이 다른 욕망이다. 허기를 메우는 물질과 고매하기조차 한 명상이라는 이상의 혼합이고 혼동이다. 그래서 이주일과 같이 오른쪽 콧대 한 쪽이 주저앉은 그가 살아가는 방식은 존경스럽기도 하다.

일관된 모국어 순교자의 길에서 벗어나지 않고 혼자 외롭게 그 길을 걷고 있다. 미분적분 대신에 엄청난 독서의 징검다리에서 낚아 올린 명상의 결과는 그에게 햄버거 한 조각의 가치조차도 주지 못하지만 프랑스어를 전공한 아내는 그를 명상에 침잠하도록 사랑한다. 우리들의 유년기 시대, 헐벗고 가난했던 굶주림으로 한 조각 **빵**을 훔치다 소년원에 다녀오기도 했던 그는 오랜 동안 고결한 언어의 순례를 나선 순교자이다. 그러나 이 세상은 그의 순결한 고해를 받아드리지 못하고 있다. 문학비평을 하는 어지간한 교수와 비교할 수 없는 자신의 가팔랐던 죄악을 고해하면서 살아가는 목자이기도 하다.

내가 이 시대에 가장 흠모하는 시인이 장정일이다.

2. 장정일과 햄버거

장정일은 관제로 만든 교과서 대신 일찍부터 자유로운 세상에 살아있는 책들을 더 많이 읽었다. 우리가 거처하는 방의 구조와 전혀 다른 골방 속에서 숨을 쉬며 꿈을 꾸며 스스로 유폐된 삶을 이어온 시인이다. 인생을 잘못 살아왔음에도 헛된 교만에 차 있는 이 세상의 시인을 향해서는 어떤 찬사를 보낼 필요가 없다는 그는 그냥 제가 좋아서 시를 쓰는 시인일 뿐이다. 문학상 몇 장 포개어 가슴에 달면 영광스러운 훈장처럼 드러내 보이며 문단 정치권력으로 급속하게 진입하는 시인 나부랭이를 개코같이 여긴다. 그래서 그는 늘 당당하다 그러나 외롭고 배고프고 쓸쓸하다. 그래서 그의 시 행간 행간에 쓰레기 통에 먹다가 버려진 이빨 자국이 난 햄버거가 얼핏얼핏 보인다.

3. 장정일과 쉬인

요사이 쉬인(詩人)들은 바쁩니다. 문협활동에 쉬인학교 교수에 문학특강에 환경단체 도시 개발 저지 투쟁에 사드 설치 반대 투쟁에 미군 해군기지 설치 반대 세월호 위문 투쟁에 시 낭송으로 아카디온을 짊어지고 시 노래로 개똥같은 자뻥 문학이론으로 무장하고 이곳 저곳

출장 다니느라. 그뿐 아니라 로또복권같이 여기저기 문학상 타기 위해 심사위원 줄타기에 똥줄 타는 쉬인들 벅적 벅적, 시끌 쉬끌.

쉬인 아카데미, 여기저기 차려놓고 순둥이 가정주부 불러놓고 혼줄 다 빼내고 양철쪼가리 같은 쉬인 등단 훈장을 달아 주는 댓가로 수강료 받아먹고 살기 빠듯 하니, 손 델 때 입 델 때가 넘쳐난다. 제멋대로 펜대 굴리며 입으로는 정치 선동하는 덜되어 먹은 쉬인들 가로왈 쉬가 구원이란다. 쉬는 사물의 존재 모습을 현현해 준단다. 쉬는 쉬어 나자빠라진 영혼을 구원한다. 천재들이 떠난 떼장이 쉬인들이 넘쳐난 다. 조금 전에도 모자를 삐뚜룸 쓴 떼장이 쉬인들이 청와대 앞에서 "쉬인의 창의적 능력은 신의 능력과 동등하다"라는 구호를 외친다.

쉬인 노조 결성을 위해 눈알 굴리는 동안 장정일은 혼자 독방에서 쉬어 빠진 쉬인들을 관찰하고 있다. Salvador Dali처럼.

4. 장정일과 삼중당문고

70년대 광기를 다스리는 9포인트 촘촘한 활자로 찍은 허기진 지식을 묶어 세상에서 등 돌린 이들에게 놀이거리를 손에 쥐어 주었다. 배고픔 도 가려진 시절 낙동강 강정 강변 모래사장에 노란 오줌을 누고 50사단 이 주둔하던 군사 마을까지 걷던 장정일. 태양의 강한 햇볕 아래

삼중당문고의 검은 활자를 지워나가던 폭력과 소년원의 보상적 위안
을 읽어 내려갔다. 경찰 호르라기 소리가 삼중당문고에는 다 담겨
있다. 현재가 회상으로 이어진 눅눅한 골방에 번지는 곰팡이가 먹으로
찍은 활자의 책갈피에 먼저 번졌다.

　장정일의 폐처럼 담배연기에 찌들은 70년대 삼중당문고는 이제
귀중본이 되었다. 구하기 힘든, 경험하기 힘든 상처이자 믿음이었다.
벽으로만 둘러쌓인 방에 갇힌 장정일이 이제 더 읽을 꺼리가 없다.

5. 추락하는 청춘

대학 구내 화장실 문을
발로 걷어차고
세면기를 주먹으로 쳐

젊은 시절 장정일은
마지막 남은 100원짜리 꿀깍 삼킨
공중전화기 부스를 부수다
파출소로 연행된 적이 있다

세면기에 퍼져 씻겨나가는
붉은 청춘의 핏물

잃어버린 희망과 꿈
손에 잡히지 않는 믿음
텅 빈 주머니는 풍선처럼
부풀러 오르는 무직 청춘의 분노

70년대가 다시 회귀하는 조락하는
시대의 젊은이들의 관계망이
부셔진 시대

대학 게시판에 취업 광고 대신
일급, 일용 아르바이트 광고가
덕적덕지 바람에 나부낀다

청춘들의 어깨 위에
올리기 두려운 내 여위고 무력한
손길
황사바람에 간힌 잿빛 하늘

이 시대가 언젠가 끝날 것 같지 않은
윤회하듯 반복될 미래
장정일은 또 장정일을 낳고 또
장정일을 낳는 세상의 연약한 고리

실재하는 장정일은 방안에 유폐되어 있다
핵탄두에 실려 있는
새로운 미래가 어떻게 전개될까
햄버거를 버리고
핵의 명상이 시작되었다
실재하는 장정일은 방안에 유폐되어 있다

적막

포항 구룡포종고 앞바다에서
듣는 파도소리는
가장 슬프고 그립다

이미 파도에 다 씻겨간
반쪽만 남은 부실한 기억
피아노 치던 처녀 음악 선생
그녀와
끊어진 버스가 다시 이어질
어둠에 묻혔던 시간까지

포효하던 밤바다 잡았던
손의 따스함
밤바다에 이끌려 몇 년 앓던 암으로
지난 해 하늘에서
획 떨어져 유성이 되었다

포항 구룡포종고 앞바다
밤이면 불빛만 흩어진
긴장된 오랜 기억만 출렁인다

포항 밀복 횟집

북부 해수욕장 모래사장 끝
외 딴 섬 하나 있다
포항 북부해수욕장 전 번영회 회장의
밀복 횟집 푸른 바다 공기를
가득 머금은 생선들
휘휘 휘파람으로 잡아올린
멍게 해삼 물 좋은 광어가 함께
동거하는 동해의 작은 섬

동해 사람들이 모여
도깝하게 썰어낸 회살점을
멍게보다 더 붉은 초장에 덤북 찍어
입술에 묻히고
철석이는 바다같은 소주에 취해
비명같은 노래가락 풍악 울리는
작은 섬 꿈을 키운다

하염없이 출렁이며
세로로 끊임없이 일어서려는
성질머리 더러운

동해 수평선을 지키는
소리없는 작은 섬이다

주문진 어항

동해 바닷가 사치스럽게 옆구리에 끼고 갔던 신화개론 책갈피에
부스럭거리는 소금기에 저린 고기비린내로 너무 무겁다 내 머리도
바닷바람처럼 억세고 거친 악센트 높은 이북 출신 뱃사람의 말소리도
통통그리는 윤선처럼 검은 연기 풍풍 내뿜으며 바다를 달린다. 말소리
를 잘 알아들을 수 없지만 흰 잇발 드러내고 웃는 주름이 굵고 깊은
노인 어부. 퍼덕이는 생선 눈처럼 동그랗고 붉은 핏기가 엉켜있는
어부의 구어에는 문법책에 있는 질서가 아닌 어망의 실타래처럼 뭉쳐
있다. 수준 있는 대학 교양 책 근방에도 닿지 않는 토박이 생생하고
활기찬 바다의 어투. 한 바다 선창에 펄펄 뛰어오르는 힘찬 모습.
여태 내가 배우고 가르친 이 세상보다 외딴 참한 지식들이 이곳에서는
허망하게도 무용지물이다. 내가 살아온 것과 대척, 생선의 반짝이는
은빛 비늘 무늬옷을 입은 건강한 인정으로 구덕살 베긴 손으로 듬뿍
집어주는 아침 생선 횟거리 바구리를 껴안고 어물공판장 너머 보이는
바다엔

바람에

바람결에 네 모습이 새겨져 다가올까
급류에 휘둘려 일그러진 모습일지라도
기억과 욕망이 혼재된 추억
바람이 되살려낸
시간의 약탈

바람은 잊어버린 내 일상의 역사를
머물지 못하고 늘 떠나는 그리움을
제 갈 길을 잃어버린 방랑하는 그리움
불러다 주는 짧은 바람

바람이 일고 있는 이 시간은
잊어버린 방랑자와 함께
시간을 약탈하는 공범
나는 늘 텅 비어 있다

헬리콥터

봄기운 완연한 들판
멀리 산불 연기에 놀란
장끼 한 마리
하늘 차고 오르는 소리에
진달래 꽃잎 흔들리는
적막함
잊어버린 시간들이
봄 열기에 두서없이 피어 오른다
꿈에 잠든 봄 하늘
헬리콥터
온 천지를 흔들며 산불 끄는
적막함

부산 감만 항구에서

부산 제8항만 부둣가
하역 노동자들 사이에 서서
바다를 바라다 본다
아마득히 사라졌던 지난
추억이 불연 듯 되살아난다

쇄락했던 60년대 불국사
등 굽은 적송 아래에서
흙으로 빚은 불상을 금빛 칠해
구워 팔던 사진사 아저씨

저 부산 앞바다가
황금빛으로 밀려든다
억센 부산 사투리가
갈매기 되어
검붉게 탄 얼굴
하얀 잇발 드러내 웃는
부두 노동자 어깨에 냉려 앉는다

갈매기 눈빛도 황금빛으로

출렁댄다
그 시절 수학여행 온 아이들에게
완장을 차고 금칠한 불상을 팔던
불국사 사진사 아저씨가
안재구 선생의 아버지였음을
기억해 낸다.

나의 시론
: 불편한 나의 시와 시론

이상규

시는 언어로 지어진 집

시는 인간 삶에서의 구원이며, 영적인 세계로 가는 길목을 열어내고, 시는 사랑이면서 삶의 강렬한 혼동을 자초하는 길이며, 시는 언어로 만든 주술이자 생명수라고 배웠던 기억이 난다. 내가 젊었던 시절에 옥타비오 파스의 시론과 김춘수의 무의미 시론을 철석같이 믿고 따르며 나의 시로 실천해 본다고 휘청거리다가 문득 되돌아보니 어느덧 세월이 이처럼 훌쩍 스쳐지나 갔음을 그리고 남아 있는 나의 시는 모두 과녁을 빗나간 부러진 화살이 되어 과녁 주변에 시체처럼 수북이 쌓여 있음을 이제야 알게 되었다. 그 자체가 추억으로 다가왔다.

언어는 곧 믿음이요, 충만한 지식을 배달해 주는 기호들임에는 틀림이 없다. 그런데 그러한 언어가 문학, 곧 시라는 옷을 입힐 때면 나의 의도와는 달리 늘 엉뚱하고도 낯선 샛길로 달아나 버린다. 그래서 나의 시는 내가 주인이 아닌 나의 의도와는 전혀 다른 스스로의 생명을 가지는 또 다른 타자적 존재일 뿐이다. 손에 움켜 쥐었다 놓쳐버린 물고기이다. 그래서 좇아가고 싶었던 언어에서 헤어 진 이별의 언어로 아니 고스란히 놓아주어야 할 버림받은 언어만 남아 있음을 알게 되었다.

인간 존재를 밝히는 유일한 통로인 언어가 내어놓은 외롭고 가파른 길 위에 나는 서 있다. 시는 존재의 본질이자 그 거대한 이데아로 향해 다가서는 사유의 통로이다. 온갖 언어로 빚어진 시는 아름다운 밤하늘의 별빛 무늬를 이루며 격자형식으로 벌여져 있다. 그러나 이미 언어로 표현되는 순간, 언어와 이별할 수밖에 없는 본질은 늘 저만큼 달아나고 없었다. 그 허무하고 무위한 언어의 기의와 기표의 분리와 박리된 허상 속에서 문학이라는 텅 빈 배의 노를 휘저어 왔다.

온갖 쓰레기로 변한 탈각된 언어만 남아 있다. 시라는 허무한 이름의 그 형체. 언어는 배신하지 않는다. 다만 영처의 눈으로 바라본 세상의 언어는 순결하고 고결하다. 욕망의 언어로 정치적 수사의 언어로 남아 있는 불평 가득한 불편한 언어는 어떤 누구에게도 기쁨의 반향을 일으키지 못하는 코퍼스로만 잔류할 뿐이다.

세계를 전복시킬 수 있는 위대한 신인(神人)인 줄로 착각을 하는 시인들이 많이 눈에 띤다. 바보 같은 경멸스러운 쓰레기, 아니 바퀴벌레 같이 언어를 갉아먹고 사는 돌대가리들. 장정일은 시인을 '쉬인'으로 그들이 장난쳐 놓은 언어를 '쉬'라고 조롱하고 있다. 쉰 냄새를 풍기는 이 시대의 쉬와 쉬인들.

당신에게 인간의 구원이나 정치이념이나 혁명을 선동하라는 임무를 내려 준 이가 도대체 누군가? 이념의 전달자로 행동대원으로 혁명의 전선을 향해 달려 나가는 쉬인들도 보인다.

과연 그것이 가능이라도 한 것인가?

언어로 혁명을 꾀하려고 한다면 그는 바보일 뿐이다.

시를 예술의 영역에서 추방하는 행위이다.

그래서 언어는 감옥이다. 고통스러운 감옥이고 나는 그 속에 유폐된 수인(囚人)에 지나지 않는다.

새로운 언어를 창조하는 천사라고? 시인이?

일회적인 시각과 청각의 효과를 텍스트로 잠시 묶어놓은 시적 질서가 도대체 무엇을 창조해 준다는 말인가? 신의 복음에 이를 수 있는 관문이 될 수 있다는 말인가?

새로운 개념을 은유라는 이름으로 본질의 열려 있던 문을 오히려 닫아버리는 부역자들이 시인일 뿐이다.

시인인 당신은 지금까지 새롭게 탄생시킨 모국어가 있는가? 새로운 생명을 불어넣어 회생한, 부활한 언어가 있는가?

내가 이렇게 불편한 시론을 이야기하는 이유는 시를 통해 도리어 잃어버린 상상과 운율과 하늘로 날아간 상상의 은유의 메타포를 회생 시켜 보자는 의도를 숨겨놓은 것이다. 탁월한 시인이 낱말로 이어놓은 조화로운 징검다리에는 리듬과 의미가 어울려 아름다운 이상의 궁전을 만들어 낼 수는 믿고 있다.

표준화된 모국어, 정치적으로 제한된 표준국어 외연에 삶의 땟자국이 묻어 있는 살아 있는 모국어를 다 날려 보내고 박제된 언어로 존재의 집을 짓는다고 하지만 과연 그러한 이상으로 이루어진 시가 어디에 있는가? 시론도 시도 허위이자 위반의 언어 주술일 뿐이다. 나는 시를 통해 소유의 욕망을 잠재우기 위해 바둥거리는 몸짓에 지나지 않는다.

돈좌미(頓挫美)의 시학

시인이 세상 속에서 존재하듯이 시 또한 세상 속의 일들과 결코 떨어져서 존재하지 않는다. 그래서 시를 통해 한 시대의 역사를 재구성해 볼 수 있듯, 한 시대의 관찰자로 시인은 존재한다. 아주 날카로운 눈과 감각으로 시대를 조명한 경우에만 해당될 일이겠지만. 나는 그런 면에서 두보의 시를 비교적 좋아한다. 사상이나 편을 가르지 않고 온화한 가슴으로 시대를 읽어내는 그의 시적 기술은 대단하다.

흔히들 말하는 서술적 심상으로 현실을 스캔해나가듯 시를 쓰지만 고도의 서술적 기술 곧 갑자기 시상의 변화와 굴절을 가져와 시를 아주 생경하고 명징하게 사실을 기술해내는 능력을 가지고 있다.

강물 파라니 새가 더욱 희고   江碧鳥逾白

산이 푸르니 꽃이 불타는 듯도다   山淸花欲燃

올봄도 또 지나가는 것을 보나니   今春看又過

내 언제 돌아갈 때가 돌아올까   何日是歸年

두보의 절구이다. 기승절에서 강과 산의 푸른 원색과 흰 새와 붉게 타는 꽃의 색조 대비는 조화가 아닌 이질적인 질료의 충돌을 통해 '강'과 '산' '새'와 '꽃'이 유난히 도드라지는 이미지로 살아난다. 안록산의 전란에 끌려온 변방의 나그네, 반군의 포로가 되었던 두보의 심정은 갑자기 고향을 향한다. 조만간 되돌아갈 수 없는 줄을 번히 알고 있는 나그네의 고향에 대한 그리움으로 시상은 급격하게 굴절된다.

기승절의 풍경과 전결의 심경은 묘한 대조를 이루며 서술적 심상이 가져올 수 있는 단조로움을 파격적으로 깨뜨리는 찬란한 미학을 발견할 수 있다. 두보의 시에서 어떤 전란의 피비린내 나는 생경한 진술이나 묘사를 찾아 볼 수 없다. 궁핍한 사회를 따스한 눈길로, 부패한 사회상을 인간적인 목소리로 고발하는 두보의 시를 통해 시인의 역할과 시대적 책무가 무엇인지, 무엇이어야 하는지 알 수 있다.

1985년 『현대시학』에 실었던 장시 「이찌코하루코」와 「신판 아리랑」을 발표할 무렵 나는 대학에서 운동권학생들을 지도하는 자리에 있었다. 연일 민주화 데모가 폭발하였고 강의실 창을 깨고 최류탄과 지랄탄(연발로 발사되는 최류탄)이 날아들었다. 총장은 연일 문제 학생들을 지도하라는 명령과 함께 노란봉투(학생지도비)를 특별 지도비로 지급하며 데모를 저지하도록 강요하였다. 아이들과 함께 길거리로 달려나가지 못한 나의 분노는 화염처럼 이글거렸다. 분노의 시이다. 배반한 역사의 뒤안길을 서성거리는 시였다. 일제와 미제국이라는 탄탄한 장벽을 향한 무지한 언어의 돌팔매질이었다.

그러나 아무른 반향도 얻지 못했다. 나 혼자의 발광이었을 뿐이었다. 시가 그러한 도구가 아님을 나는 모르고 있었던 것이지만 정신대의 문제를 우리나라에서 아마 최초의 장시로 발표했다는 헛건방만 차있었던 것이다. 돈좌미의 미학이라곤 어디에서도 찾아 볼 수 없는 생경하고 도전적인 수사의 나열일 뿐이다. 이게 무슨 시라는 말인가? 시인에게 누가 도대체 시대의 모순과 오류를 비판하도록 허락해 주었는가? 시는 어디까지나 언어를 가지고 감동을 불러오게 만드는 예술일 뿐이다. 그렇지 않다면 예술의 탈을 쓴 허위이거나 감정 배출의 통로가 될 뿐이다.

시의 벽은 너무나 아득하고 견고하고 높고 두려워 지기 시작했다. 시로부터 달아나고 싶었다. 그래서 나는 시가 주술이라고 생각한다. 아무나 할 수 있는 기술이 아니라 아무렇게나 해도 되는 행위가 아니라 신기가 있는 자들의 공수와 같은 주술이다.

2000년대에 들어와서 나는 언어의 다양성에 대한 깊은 성찰을 통해 중심과 변두리, 제국과 피지배의 나라와 종족 언어의 식민성에 대해 나름대로의 깊은 성찰을 한 『방언의 미학』(살림, 2007)을 출간 발표하였다.

변두리 사람의 지식과 이념의 온기가 남아 있는 방언을 사랑하였다. 그들의 언어 흔적을 갈무리하기 위한 노력도 해 보았다.

표준어라는 중심 언어에 대한 도전이면서 제국의 언어에 대한 도전장이었다. 그 무렵 국립국어원장을 맡아 표준어 중심 정책에서 변두리 언어에 대한 관심과 살가운 성원을 보내려는 노력을 기울였다. 문학 작품 속의 방언, 특히 시 속에 나타나는 방언에 대한 관심을 기우리며 『위반의 주술, 시와 방언』(경북대학교 출판부, 2005)이라는 책으로 쓰기도 하였다. 그때 쓴 시가 「에르미따」라는 장시이다. 필리핀의 국민적인 작가 니오닐 호세가 쓴 소설 『에르미따』를 소재로 하여 프랑스어, 일어, 영어로부터 침탈을 받은 필리핀의 타갈로그어의 유혈, 그 상처가 현대의 필리핀 사람들 영혼의 상처임을 말하고 싶었다.

결국 나의 장시는 모두 불편하고 생경한 구호로 전락하였다. 시간이 지난 후에 시는 그러한 것이 아니라 언어 예술로서의 시가 무엇인지 그 전형을 두보의 시의 미학에서 이끌어낼 수 있었다. 다만 에르미따, 구원의 계단으로 이르는 길로 이어지기를 염원한다. 구차하고 버림받은 사람들과 동행의 길로 들어서 있는 나를 되돌아본다.

영처(嬰處)의 눈으로

1978년 『현대시학』에 「안개」를 추천완료 작품으로 발표하고 문단에 나왔다. 올해가 문단 등단 40년이 된다. 첫 시집이 『종이나발』(그루)이다. 시가 무엇인지, 무엇이어야 하는지 더듬거리며 쓴 시들이다. 시적 언어의 구조와 서사에 대해 취약한 이미지에만 매달린 부끄러운 작품들이다.

두 번째 시집인 『대답 없는 질문』(둥지)은 언어의 본질에 대한 자문자답의 시들이다. 영원히 도달하지 못하는 존재를 향한 무위의 손짓, 그 대답 없는 질문이 바로 내 시가 시험했던 세계이기도 하다.

세 번째 『거대한 낡은 집을 나서며』(포엠토피아)는 내 존재의 상징을 집으로 설정하고 나의 태생의 근원인 어머니의 모태에서 점점 자라나 내가 거주했던 집들을 시의 소재로 활용했다. 역시 존재론적인 회의와 내 스스로 내린 대답이기도 한 존재론적 허무가 가득 차 있었다. 먼지가 끼고 곰팡이가 핀 내 의식의 존재를 집으로 표상한 시기이기도 하다.

네 번째 시집인 『헬리콥터와 새』(고려원북스) 역시 하늘과 땅을 자유롭게 연결하고 내왕하는 두 가지 상징물인 인위적인 헬리콥터와 자연물이 새와의 관계 속에서 이 우주를 조망해 보려는 존재론적 실험적인 시작 시기였다. 끝없는 불일치, 영원히 도달하지 못하는 심연의 거리 속에 흩어지는 나의 언어는 부유하는 먼지와 다를 바가 없었다. 나의 왕성했던 젊은 시기 나는 이 세상에서 무엇을 보았는가?

진리의 무료함, 진리라는 사치스러운 대상을 찾아 나선 나는 영원한 방랑인에 지나지 않았다. 허무했다. 사랑이라는 달콤한 열정에 풍덩 몸을 던져버리고 소멸해버리고 싶었던 시기이기도 했다.

다섯 번째 시집 『13월 시』(작가와비평)는 존재하지 않는 13월, 허무의 병풍을 한 폭 더 달아보았다. 극도로 언어에 대한 긴장감을 불어넣고 싶었다. 그런데 이 시기는 내가 가장 사랑하는 맏손녀 윤이가 태어난 시기이다. 새로운 열정이 생겨나고 이 일 저 일로 바빴던 시기이기도 하다. 미국 교환교수로 간 아내와 함께 순교의 도시 유타 프로보에서 유난히 푸른 하늘을 바라본 시기였다. 국립국어원장이라는 자리로 옮아가 서울 생활과 일본 동경 생활 등 겹쳐진 다양한 삶이 모자이크를 구성했던 시기이다.

여섯 번째 『오르간』이라는 시집도 이러한 연장선상에서 이루어진 시집이다. 다만 시가 나에게 절대적 위치를 차지하지 않는 다는 것을 깨달았던 시기이기도 하다. 그래서 시를 버리고 싶었으며 그 생각은 지금도 마찬가지이다. 반복되는 절필을 희망한 자유도 얻지 못했다.

주변 시인들과 더욱 어울리지 못하고 내 스스로 멀어지고 싶었다. 별 볼일 없는 시인이 뭐 그렇게 대단한 존재인가? 지금도 끊임없이 그런 생각에서 벗어나지 못하고 있다.

이러한 과정에서 나는 앞으로 만일 시를 더 쓴다면 이덕무(李德懋)의 영처(嬰處, 나이 어린 순수한 아내)의 눈으로 세상을 바라보고 순박한 언어로 시를 쓰고 싶다. 다만 그것은 현재로서는 희망일 뿐이다. 나는 지금 너무나 늙고 노쇠하고 찌들고 때가 묻어 있어 순결하지 않다.

이 추억시집이 마지막이기를 희망한다. 문학과 예술을 더 더럽혀지지 않도록 절필하기를 바란다. 너무나 불편했던 나의 시, 나의 언어는 나의 행동과 사고까지 지배하게 되었다. 까탈스럽고 애민해진 감각이 언어를 괴롭히고 곁에 사람들에게 불편을 주기까지 한다.

좋은 시는 엄청 순진하고 자연스러워야 한다. 순진하다는 것은 참되고 진실된 감정을 언어로 휘발시키는 일인 것이다. 마치 새들의 울음소리나 꽃향기처럼. 산속에 피어난 난초는 그 무엇을 위해 피어났을까? 하늘에 흘러가는 구름 역시 마찬가지이다. 자연스러운 구름의 흐름, 꽃이 피고 새가 울듯 시는 그렇게 자연스러움을 가질 때 시의 사회적 공능을 지니게 된다. 물에 떨어지는 빗방울이 모두 꽃이 되고 붓을 들면 시가 흘러나오는 경지에 이르기 위해 시인은 엄청 착하고 진실해야 한다. 바보처럼. 가담하고 외치고 투쟁하는 위선보다 더욱 진실하여야 한다. 아이러니하게도 나는 그러한 경지에 이르지 못했지만 부단하게 그렇게 되려고 염원하고 있다.

시가 멋이 아니라 인간 존재에 대한 성찰이자 인간의 길들이기 교육일지도 모른다. 그런데 나는 나의 시를 그렇게 쓰지 못했다. 그러나 언어 뒤에 숨어 있는 존재를 거두어 올릴 뿐만 아니라 고결하고 순결한 언어를 자아올리는 노력이 되기를 희망했을 뿐이다.

『에르미따』라는 나의 추억시집은 이론과 실존이 유리되어 있음을, 언어와 존재의 불일치를, 나의 시적 감각과 행동의 불일치를 선언하고 고백하는 선언이기도 하고 동시에 시간에 대한 제의적인 절차의 보고서이기도 하다. 벗어남으로써 자유로워질 수 있기를 바라는 내 노년기의 염원이 담겨 있다. 나의 태생에서 이 시간 지금까지 나를 조망하는 미러이미지의 거울이기도 하다.

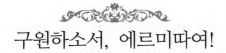

구원하소서, 에르미따여!

변학수(문학평론가, 경북대학교 교수)

이상규 시인이 이제 정년을 맞는다. 시간은 남에게는 오래지만 자신에게는 금방이다. 그러나 타인인 나에게도 그의 이 시간은 전광석화처럼 빨리 지나간 것 같다. 하지만 그의 시간들은 그냥 스쳐 지나간 것이 아니다. "영재가 기억에 능한 법이 없다"는 칸트의 말과는 달리 그는 다작을 하였다. 그가 학문적으로 남긴 유산은 말할 것도 없다. 그는 이제 시력 40여 년을 『에르미따』라는 도발적인 이름으로 출간함으로써 나태한 독자를 긴장하게 한다. 시에는 오고간 사람, 겪은 일들, 아쉬움으로 가득 찬 순간들, 상실들, 유쾌했던 일들이 유혹적이고 도발적으로 다가온다. 가끔씩이나마 필자는 그의 시를 평론하면서 함께 했던 시간이 있기에 이 시 모음집에 더욱 애착이 간다. 그의 지나간 시간을 함께 회상하고 추억하고 싶은 마음에 장님처럼 더듬거리며 그의 시에 말을 걸어본다.

이상규 시인이 좋아하는 옥타비오 파스는 그의 시론 『활과 리라』에서 다음과 같이 말한다. "시는 앎이고 구원이며 힘이고 포기이다. 시의 기능은 세상을 변화시키는 것이며 시적 행위는 본래 혁명적인 것이지만 정신의 수련으로서 내면적 해방의 방법이기도 하다."* 앎과 구원, 그리고 세상을 변화시키는 것은 신만이 하는 일이다. 그러므로 그가 시를 쓴다는 것은 신의 일을 대신하는 사제의 일을 하는 것이다. 죽은 글자에서 살아있는 소리를 구별해서 듣고 때로는 비밀스럽게 들려오는 몸의 진동을 신의 계시로 전율하는 것이 바로 시인이 할 일인 것이다. 바람 불면 다 지워지는 백사장 위에 찍힌 사랑했던 사람이 남긴 비릿한 발자국 냄새를 기억해내고, 세상의 언덕위에서 맨발처럼, 연잎 위의 이슬처럼 살았던 삶과 화해하기 위해서는 신이 주신 특별한 내면의 해방이 필요했을 터이다. 그는 기억병에라도 걸린 것처럼 참으로 많은 것을 기억하고 있다!

신의 일을 대신하려는 임무가 따르는 만큼 시인은 신을 향한 특별한 능력을 간구하고 그의 일을 모방할 수밖에 없다. 파스는 계속 이렇게 말한다. "시는 기도이고 탄원이고 현현이며 현존이다. 시는 악마를 쫓는 주문이고 맹세이며 마법이다." 그러니까 시는 우리가 사는 일상의 재현이 아니다. 그것은 있는 것에 대한 그리움이며 저주이며, 있는 것을 바꾸는 마법이며 사라진 것을 다시 오게 하는 주문이다. 그는 이 시집의 서문에서 시인을 "시대사의 부상자"라고 표현하는데 이는 옳다. 사실 인간은 행복함보다 불행함을 더 오래 기억한다. 그 이유는

---

* 옥타비오 파스, 김홍근·김은중 옮김, 『활과 리라』, 솔출판사, 1998, 13쪽.

인간이 리비도 충동, 즉 살아남으려는 쾌감 원칙 때문에 살아남는데 트라우마가 된 것을 더 잘 기억하도록 설계되어 있기 때문이다. 전 시대에 시가 탄원이었다면 이 시대의 시인은 상처의 현현을 언어의 마법으로 바꿈으로써 전날의 신이 하던 일을 수행한다. 그의 시는 세 가지 상징 형식으로 이런 상처와 기원의 의무를 종려나무에 감긴 하프처럼 노래한다.

1. 언어

시인에게, 특히 이상규 시인에게 언어는 필연적인 것이다. 그가 평생을 언어 연구에 천착한 것은 곧 그의 시에서도 표출된다. 하지만 그가 바라본 언어는 구체화 된 소통의 언어가 아니다. 그가 바라본 내면적 언어는 "중심일수록 먼저 허물어 내리는" 언어이다. 말하자면 기의는 빠지고 기표만이 남는 언어로서 소통되지 못한, 또는 소통을 넘어선 원시제의에서 일어나는 소리들인 것이다. 어쩌면 말이 되기 이전, 아니면 말이 되지 못한 말들이다. 독일의 시인 라이너 마리아 릴케가 "세계 내 공간(Weltinnenraum)"이라는 표현을 쓰는데 이는 곧 그런 언어의 세계를 지칭하는 말일 것이다. 이상규 시인의 말을 따라 하자면 "마치 살을 발라먹고 남은 고기의 뼈" 같은 것이어서 필연적으로 그 살은 다시 구성해야 할 것들이다.

시인에게 그런 언어가 무엇이 있을까? 그는 엄마의 소리를 제일 먼저 꼽는다. 엄마의 소리는 우리가 태어나서 제일 먼저 듣는 원시적 말이다. 그러니까 이 말은 방언으로서 누구든 모국어를 갖기 이전에 갖는 말이다. "태초에 말씀이 계시니라"고 한다면 그것은 바로 우리의 위대한 방언 엄마의 목소리일 것이다. 이런 말을 시인은 "박종화의 『자고 가는 저 구름아』를 다섯 번이나 읽은" 엄마의 목소리에서 찾아내고 있다. "송아지의 엄마", "엄마의 젖가슴"에 숨어 있는 언어 그런 것이 바로 시인이 다시 찾고자 하는 원형의 언어이다. 그것은 상실된 고향의 언어이자 시인에게 주르첸이나 투먼강에서 들리는, 또는 여진인들이 쓰던 역사적 좌표를 갖는 언어이기도 하다. 이런 언어를 시인은 이렇게 말한다. "구두 혹은 문자 언어로 표현되지 않는/몸의 언어는 생각의 미혹한 어둠보다/ 더 푸르고 깊다."(「몸의 언어」, 88쪽)

시인은 이런 말들을 찾기 위해 부단히 애쓴다. 시인은 그가 평생을 바쳐온 국어학, 방언학, 그 어디에서도 찾을 수 없는 이 언어에 대한 목마름을 그의 시에서 찾는 만큼 그의 구원은 시에 있다고도 할 수 있다. 그런 언어를 프랑스 시인 베를렌처럼 감지하고 알아듣고 노래하지 못한 상태가 그에게는 "청력장애" "난청" "이명" 등으로 발현된다. 그리고 어떨 때는 아폴론 신전에서 황홀한 언어로 계시하는 퓌티아의 말, 꿈과 몽환에서의 환청, 투먼 강가의 개 짖는 소리 같이 들리기도 한다.

2. 새

나는 앞에서 시를 계시라고 했다. 그러니까 시는 신의 목소리인

셈이다. 그러자면 자연 신의 모습을 닮은 매개자(이것을 종교에서는 천사나 사도로 종종 표현하기도 한다), 즉 메타포를 만나게 된다. 이상규 시에 자주 등장하는 메타포 중의 하나는 새(鳥)로서, 신적 계시나 조감(鳥瞰), 조망의 의지가 새의 메타포에 담겨 있다. 우리가 잘 아는 라디오 클래식 프로그램 중에 "노래의 날개 위에"라는 시가 있다. 그것은 다름 아닌 하이네의 시로서 이 시는 "노래의 날개 위에 너를 싣고서/혼혼히 날아가리, 사랑하는 사람이여, 갠지스 강가의 먼 평화로/아름다운 보금자리, 내가 아는 곳."이라고 노래한다. 이상규 또한 시적 자아라 할 수 있는 새의 메타포에 많은 의미를 담고 있다. "새는 신화를 실어 나른다." 이승과 저승(「새와 주술」, 299쪽) "어떻든 사람은 늘/새를 바라만 보아야 한다"(「새」, 304쪽). "하늘 나는 새는 노래한다."(「돌고래의 노래」, 310쪽) "새들은 새로운 길을 내고···"(「새와 달」, 329쪽). "새의 머리에 뿔이 돋기 시작한다"(「새와 뿔」, 336쪽) 이렇게 그의 많은 시에서 새가 등장하는 이유는 무엇일까?

고대 사람들은(원시인들은) 시인을 무당으로 생각하고 그들이 "날개 단 존재"라고 생각했다. 시인의 시는 워즈워스의 종달새처럼 ("Up with me! Up with me into the clouds! 나와 오르자! 나와 구름 속으로 오르자!") 하늘이라는 공간으로 날아오른다. 이것은 마치 글자에서 영혼이 솟아오르는 것과 같다. 그런 날개가 이상규의 시에서는 새의 모습으로 현현하여 인간과 신, 사물과 정신 사이의 간극을 극복한다. 릴케도 「두이노의 비가」 제2비가에서 천사들을 "영혼의 새라고 명명한다. 새와 날개가 신의 상징인 것은 비단 서양에서만 나타나는 것은 아니다. 우리나라 고대의 원형과 상징을 연구한 김양동 선생은 새

승배사상이 솟대원형이나 관복, 금관 등에 나타나고 이는 영매로서 신권과 왕권을 상징한다고 설파한다.* 그러나 여기는 그런 학설을 논의하는 자리가 아니다. 중요한 것은 새의 이미지가 이상규의 시에서 중요한 역할을 하고 있다는 점을 강조하고자 한다. 비교적 근래의 시들에서는 이런 새라는 영매가 직접적 사유에 도화선이 된다. 이상규 시의 메타포 중 마지막 것은 집이다.

3. 집

시에는 항상 의식의 상관물이 있다. 말하자면 그의 언어가 의식이라면 그의 "집"은 그의 존재 자체지만 물론 그가 현재 처해 있는 집이 아니라 서늘하게 다가오는 유년의 기억공간이기도 하다. 근대의 유물로서 전락한 그의 삶의 공간은 시적 상상력의 원동력이 된다. 그의 시에서 "집"이라는 공간은 "안드로메타"가 반짝이고 죽은 "고사목", 그리고 "이끼 낀 기왓장"과 함께 존재하는 그리움의 메타포이다. 그의 시를 읽으면 눈물이 나는 것은 바로 도회의 콘크리트 벽으로 구획된 그 시간의 공간이 사라졌기 때문이다.

사라진 것은 아름답다. 그리고 아름다운 것은 사라지고 없다. 그에 반해 도시에서의 집은 허전하고 외로운 "닫힌 공간"이다. "영원히 일어나지 못할 여인을/화폭에 가둔 화가만이 들락거릴 수 있는/닫힌

---

* 김양동, 『한국 고대문화 원형의 상징과 해석』, 지식산업사, 2015, 제Ⅲ장 참조.

공간/그 여인은 모두 도시 여자이다." 이상규가 그려내는 집이라는 공간은 역사의 문턱을 몇 번씩 넘어가는 사회변화로 인해 받은 충격에 대한 내적 반응이다. "미추왕릉"이나 "남성현 고개", "반구대 암각화" 같은 공간과 이 도회의 소외된 공간은 서로가 얼마나 낯선가? 늘 그렇듯이 역사적 인간은 쓸쓸하다. 왜냐하면 인간이 역사를 만든다지만 역사 앞에서 인간은 영원한 국외자이기 때문이다. 이상규 시인의 농축된 비판적인 역사의식은 이런 "집"에 대한 반응으로서 무의식적 역사기술이라 할 수 있다.

시인은 이제 정년을 앞두고 있지만 그의 시는 정년이 없다. 그가 "언어는 존재의 집"이라는 하이데거에서 출발하여 김춘수를 거쳐 자기 집에 이르렀다. 오랫동안 나가있다가 이제 자기 집에 온 것이다. 그것은 낯선 일이다. 이것은 마치 고기를 잡고 그물을 버리는 것이나 집이 완성되자 가건물을 뜯어내는 것과 같은 이치이리라. 그의 시력 40년의 시들을 살펴보면 분명 이런 버림이 있다는 것을 알 수 있다. 존재론에 기대어 시를 쓰고 서정적 체화 단계를 거쳐 시인은 아직 자기가 만든 집에서 외로워하고 불안해하고, 기어이 그 집을 낯설게 한다. 그가 꿈꾸던 북방의 언어, 유라시아 실크로드, 상징이 꿈틀대고, 여진족이 허연 소리를 해대는 공간은 오로지 콘크리트, 콘크리트에서 울릴 수밖에 없다. 인고한 시간만큼 그의 원숙한 시적 지성이 요구되는 시기이다. 이제 글을 마친다. 자기 상실의 올가미에 갇힌 시대에 시인의 말대로 "에르미따의 더러운 피"가 우리 독자를 구원해 줄 것이라는 믿음 가득하다. 구원하소서, 에르미따여.